最後にひとつだけお願いしてもよろしいでしょうか3

登場人物紹介
レオナルド
スカーレットの兄で、
ヴァンディミオン公爵家の長子。
ジュリアスの部下でもある。
破天荒な妹と上司のせいで
胃薬が手放せない。
ジュリアス
パリスタン王国の第一王子。
優秀だが、スカーレットをからかって
遊ぶのが大好きな腹黒い性格。
スカーレット
冷たくも美しい容姿から
『氷の薔薇』と称される
ヴァンディミオン公爵家の令嬢。
第二王子との婚約破棄をきっかけに
悪徳貴族たちを拳で成敗した。

テレネッツァ
第二王子にスカーレットとの
婚約破棄をそそのかした
男爵令嬢。魅了の力で
人々を操っていたが
今は捕えられている。
アルフレイム
竜の住まう国・ヴァンキッシュ帝国の皇子。
とある出来事をきっかけにスカーレットに
求婚しており――？
ナナカ
獣人族の元諜報員で、
スカーレットの従者。
破天荒なスカーレットに
いつも振り回されている。

第一章　頼むから大人しくしていてくれ。

王宮秘密調査室――王宮内部の汚職《おしょく》や不正を取り締まることを目的として設立された、諜報組織。

王宮内の一室に本部を置くその組織の室長室には、足の踏み場もない程の押収品と書類の山が積まれていた――つい三日前までは。

「……今更ながらだが、何も物がないとこの部屋はこんなにも広かったのだな」

室長用の机の前で椅子に腰かけながら。

ヴァンディミオン公爵家の長子である私――レオナルド・エル・ヴァンディミオンは、誰もいない部屋で物思いに耽《ふけ》っていた。

目の前の机の上には暇つぶしに持ち込んだ読みかけの本が一冊のみ。

大量の報告書により本はおろか、ペン一本すら置くスペースがなかったのが嘘のようだ。

「レオナルド室長、失礼いたします」

本の続きでも読もうかと机に手を伸ばしたその時、扉の外から女性の声が響いてきた。

扉が開くと、そこには大きな眼鏡をかけて前髪を七三になでつけた、いかにも真面目そうな金髪の女性が立っている。

彼女は軽く会釈《えしゃく》をした後、私に歩み寄ってきて言った。

「報告書をお持ちいたしました」

王宮秘密調査室の女性用の制服である、深い紺色のスーツを着た彼女の名はエピファー。

伯爵家の三女である彼女は、王立貴族学院に在籍していた頃は座学では常に主席で、才女として名が通っている有名なご令嬢だった。

学院を卒業した後は王都の図書館で司書として働いていたようで、そこを王宮秘密調査室の人事部にスカウトされ、今は私の秘書官を務めてもらっている。

事務能力に長《た》けたすばらしく優秀な女性で、彼女が秘書官になってから、実務的にも精神的にも私の負担は大きく軽減されていた。

願わくば私が王宮秘密調査室の室長という常に胃を痛める立場でいる限り、彼女にはずっと隣で支えていてほしいものだ。切実に。

「ありがとう。今確認しよう」

「内容を読み上げなくてもよろしいのですか？」

「問題ない。丁度暇だったのでな。君の手を煩わせるまでもないだろう」

それでは、と答えたエピファーが報告書の紙を私の手に渡す。

そして、おもむろに胸ポケットから取り出した手のひらサイズの小瓶を机の上に置いた。

「……エピファー」

「なんでしょう」

「気を利かせてくれたのだろうが、それはもう必要ない。薬箱に戻してきてくれ」

机に置かれた一本の小瓶をトントンと指で叩く。

飲むのが習慣となっていたため、すっかり忘れていた。事件もすべて解決し精神的な重圧から解放された今の私には、最早その小瓶《いぐすり》は必要ないのだということを。

「――らしくないぞ、レオ。それは最早、お前を構成する要素の一つになっているというのに」

入り口のドアの方から突然聞こえてきた含み笑いを堪えているその声に、私はため息をつきながら答えた。

「室長室に入る時は一声おかけ下さいといつも言っているでしょう……ジュリアス様」

そこには王族がまとう白の燕尾服《えんびふく》を着た金髪の方が、口元に笑みを浮かべて立っていた。

パリスタン王国第一王子、ジュリアス・フォン・パリスタン様――幼き頃よりあらゆる分野の武芸、学問において優秀な成績を収め、一七歳という若さですでに国政に携わる仕事を任されている、才気あふれるお方だ。

天才という言葉は、まさにこの方のためにあると言っても過言ではないだろう。

ただこの方には一つだけ、私が思わず顔を覆ってしまうような欠点があって――

「それと胃薬は好き好んで飲んでいたわけではなく、精神的な重圧で痛む胃痛を和らげるために止

むを得ずに飲んでいたのです。誤解なきようにお願いします」

「酒飲みのバイキングもかくやの見事な飲みっぷりであったのにな。もう見られないとは残念でならん。フッ」

このように他人が苦悩する様や困る姿を見て喜ぶという、困った趣味をお持ちなのだ。

赤の他人、それも悪人が苦しむ反応を見て喜ぶというのであれば、まだ多少は理解できよう。

しかしこの方の趣味は身内に対しても容赦なく適用されるのだ。

今この瞬間も私が苦虫を噛み潰したような表情をするのを心待ちにしているのだろう。

だが今の私は過去の私とは違う。

「期待に応えられず申し訳ございません」

私をからかい反応を楽しもうとするジュリアス様を軽くあしらう余裕すらある。

これもすべては、大仕事を終えた後の達成感と充実感がなせる技だろう。

「なんだ、つまらん反応をするようになったな。余程心に余裕があると見える。そんなに手持ち無沙汰ならば、なにか仕事の一つでも持ってくるか？」

「また心にもないご冗談を。我々が暇を持て余しているというのは、この国にとっては良いことではありませんか」

王宮秘密調査室の役目は国を脅かす悪人や勢力を調査し、場合によっては排除することだ。

私達が慌ただしく動いているということは、それだけ国内の情勢が荒れているということに他ならない。だからこうして暇を持て余し、他愛《たわい》のない軽口を叩ける今の状況こそが最良なのだ。

仕事をしたいからといって事件を願うなどもってのほかである。

「それともジュリアス様は、一人また一人と隣の同僚が疲労と眠気により倒れていく、あの地獄のような日々が恋しいとでもいうのですか？」

「冗談を言うな。ほぼ不眠不休の身体を治療薬で無理矢理動かし、一連の騒動の事後処理で忙殺《ぼうさつ》されたこの二ヶ月間で、寿命が十年縮んだと言われても私は驚かんぞ。創世神話によれば、世界を七日で作った神ですら最後の一日は休息日にしたというのに。あんな死と隣り合わせの超過労働など二度とごめんだ」

ジュリアス様をしてしかめ面でそう言わせるほどに、ここ二ヶ月の王宮秘密調査室の忙しさは常軌を逸していた。

なにしろ国教であり、王国議会にまで影響を及ぼしていた宗教組織であるパルミア教を、我ら主導の下、たった二ヶ月間で跡形もなくなるまで徹底的に断罪したのだ。

いくら王宮秘密調査室に優秀な人材が集まっているとはいえ、明らかにこなせる仕事の限界を超えていただろう。

「離脱者が一人も出なかったことが奇跡だ。私が雇われる立場であれば、報告の書類で足の踏み場がなくなった調査室の部屋を目の当たりにした、最初の三日で辞表を叩きつけている」

「次期国王になられるジュリアス様が率先して、休む間もなく目にくまを作って働いているというのに、我々が先に弱音を吐くわけにもいかないでしょう」

「涙が出る程の忠誠心だな。一人でも弱音を吐く者がいたら休息を与えるつもりでいたというのに、死者《アンデッド》のように死んだ目で働き続けるお前達の姿を見て私が先に休めるはずがあるまい」

「それだけ、王宮秘密調査室にはこの国を良くしたいという志が高い者達が集っていたということでしょう。それに迅速に事を為すことの重要性は、皆理解しておりましたから」

組織的な悪事を弾劾《だんがい》する場合、期間が長引けば長引く程に、証拠を隠滅され逃れる者が増える。

特に規模が大きかった今回の場合はより迅速に事を運ぶ必要があった。

その結果、パルミア教のほとんどの悪事は逃さず暴くことができたので、今となっては無理を推して働いた甲斐もあったと皆も思っていることだろう。

「過分な働きに釣り合いが取れるように報いなければならない私の身にもなれ。献身的で優秀すぎる部下を持つというのも考えものだな、まったく」

「皆十分すぎるほどの恩賞《おんしょう》を頂きましたよ。また大半の者は休暇もしっかりと取っております。どうかご心配なさらずに」

「あたり前だ。この期に及んでまだ勤勉にも労働意欲を発揮している者がいれば、無理矢理にでも実家に帰らせていた。貴女のことを言っているのだぞ、エピファー」

「申し訳ございません、ジュリアス様。私はレオナルド様の秘書官。レオナルド様がここで業務をこなしている以上、休むわけにはまいりません」

目を伏せ、しれっとそう告げるエピファーを見てジュリアス様はお手上げのポーズで肩をすくめた。

「この融通が効かん真面目が過ぎる気質は、一体誰に似たのだろうな。部下は上司の右に倣《なら》うというが、お前はどう思う、レオよ」

「私には実家に帰れと言われないのですか？」

「逆に聞くが帰れと言って帰るのか？」

「帰りませんよ。何かあった時に備えて、権限を持つ責任者が一人は必要ですから」

「予想通りの回答と言っておこう。言うだけ無駄だと分かりきっていることを、私がわざわざ言う必要がどこにある？」

「ご明察、恐れ入ります」

苦笑を浮かべて答える私に、ジュリアス様はやれやれとため息をつく。呆れておられるのだろう。

だがこれが私の性分であるのだから、致し方ない。

自分でも損をする性格だと分かってはいるのだが。

「ところで今日はどうされたのですか。来ると言っていた日にはまだ三日程早いですが」

「激務で荒んだ心を癒すためにお前の妹君――スカーレットの動向を聞こうと思ってな」

「……！」

もしやとは思ってはいたが、やはり目当てはスカーレットのことだったのか。

本気なのか戯《たわむ》れなのかは不明だが、ジュリアス様はことあるごとにスカーレット——ヴァンディミオン公爵家の一人娘であり、我が妹のスカーレット・エル・ヴァンディミオンを気にかけていた。

我が国の第二王子だったカイル様との婚約破棄を経て、現在婚約者不在である妹の嫁ぎ先を憂う兄としては、ジュリアス様のお気持ちは本気であって欲しいし、二人が婚約するとでもなれば、私も大手を振って祝福したいと思う。

だが、例えジュリアス様が本気だったとしても、あのお方がそう簡単に想い人に対して本心を明かすとは思えない。

スカーレットはといえば表面上こそジュリアス様を嫌っているが、おそらく本心では満更でもない様子であるだけに、これは誠に歯がゆい状況である。

子供のように意地を張らずに、互いに素直になってほしいものだ。

「スカーレットなら、数日前にアグニ山にハイキングに行くと手紙が届きましたが」

パリスタンの東部には、東の帝国ヴァンキッシュとの国境線をまたぐように山岳地帯が広がっている。その中でも一際高く険しく、聖職者達の修行などにも使われているのがアグニ山だ。

わざわざそんな危険そうな場所をハイキングの目的地に選ぶ辺り、わざと私の胃を痛めつけようとしているのかと疑いたくなるが、本人いわくその方が登り甲斐があり楽しいとのことで、笑顔でそう言われた私が両手で顔を覆ったのは言うまでもない。

「ハイキングとはまた、まるで令嬢らしからぬ趣味を。一体何を企んでいるのやら」

「毎年この時期になると二、三週間ほどかけて登っています。最初は止めていたのですが、宮廷《きゅうてい》や舞踏会で暴力沙汰を起こすよりかは、健全に外で身体を動かしている方が遥かにマシなので……」

ため息交じりにそう言うと、ジュリアス様は顎に手をあてて「ふむ」とうなずいた。

「惜しいな。もう少し王都から近くにいたなら、ハイキングとは名ばかりの暴虐的な何かをこの目で見られたものを」

「脅すようなことを言うのはやめていただきたい！　ハイキングはハイキングです！　そう自分に言い聞かせて、かろうじて心の均衡を保っているのですから！」

「涙ぐましい努力をご苦労と言っておこう――待て。今アグニ山、と言ったか？」

「言いましたが、それが何か……？」

ジュリアス様が机に置かれた報告書を手に取る。

どうしたというのだろう。あの報告書に書かれているのは王国議会で議題に上がったことについての経過報告のはずだ。私と違い議会に直接出席していたジュリアス様なら、すでに知っていることしか書かれていないはずだが。

「報告書に何か気になる点でもありましたか？」

「ここを見てみろ」

ジュリアス様が報告書を私に見せ、ある一点を指差した。

「パリスタン東部に広がる山岳地帯で、徒党《ととう》を組んだ山賊による略奪行為が急増し、被害が拡大している……？」

「ゴドウィンに引き続き、パルミア教の断罪もあったのだ。王都から追放された悪人の数は百や二百ではきかん。それらが野盗に身をやつし、どこぞで徒党《ととう》を組んだとしても何も不自然ではなかろう」

「山岳地帯が広がる東部はヤツらにとって格好の隠れ家というわけですか……うん？　パリスタン東部？」

微かな違和感に首を傾げる。そんな私を横目にジュリアス様は淡々と説明を続けた。

「その中でも、特に険しいと言われているアグニ山周辺はヴァンキッシュとの国境も近く、軍事的緊張を避けるためにも騎士団や軍を派遣しづらい。それが分かっているからか、山賊の被害も特にアグニ山を中心に集中しているようだ」

「なんと厄介極まりない。東部に住む人々や商人達の安寧《あんねい》のためにも、一刻も早い対応策を講じる必要がありますね……うん？　アグニ山？」

さらに首を傾げる私を見て、ジュリアス様は確信犯的にニヤリと口元をゆがめた。

「さらにこの報告書によれば、山賊の中には未だ捕まっていないパルミア教の異端審問官らしき姿も確認されたとある。偶然ハイキングに訪れたどこかのご令嬢が、もしこんな連中に遭遇でもしたら大変なことになるだろうな——山賊側が」

「ああっ！」

目の前が急に暗闇に覆われる。どうやら無意識に両手で顔を覆っていたらしい。

もしやスカーレットは、このことを分かっていてハイキングに向かったのだろうか。

山賊に身をやつしたパルミア教の残党を自らの手で殴りたい、その一心で。

いや、この情報が王都にいる私達よりも早くヴァンディミオン領にいたスカーレットの下へ届くはずがない。となれば単なる偶然か。それとも殴りがいのありそうな獲物の匂いを無意識に嗅ぎつけたのだろうか。

どちらにしろ分かっていることは、私の安息の日々は今この瞬間に終わりを告げたということだった。

「本来、山賊が相手であれば王宮秘密調査室の出る幕ではないが、パルミア教の残党が関わっているとなれば捨ておけん。早急に現地に向かうぞ。愚か者の山賊達が殴られて山肌に突き刺さる瞬間を見逃す前に」

いそいそと部屋から出ていくジュリアス様に続くように、私も書類を片付けて出立の準備に取り掛かる。ジュリアス様はなぜか確信していたが、まだスカーレットが山賊達と遭遇すると決まったわけでも、大暴れして物騒《ぶっそう》な二つ名が増えたわけでもないのだ。

すべてが杞憂《きゆう》に終わる可能性もある。私は私の為すべきことをまっとうしよう。

王宮秘密調査室の室長として。

パリスタン王国の平穏のために。

「……エピファー」

「はい、なんでしょう」

「先ほどは下げろと言ったが撤回する。その胃薬は置いていってくれ。一応、念のためだ。いや、追加で一ダース……」

第二章　拳で責任を取らせていただきます。

幼い頃から人を殴ることが好きでした。

そんな私、スカーレット・エル・ヴァンディミオンは、舞踏会《ぶとうかい》の会場で第二王子のカイル様に一方的な婚約破棄をされてしまいます。

しかもクソ野郎のカイル様は新たな婚約者にどこの馬の骨とも知らぬ男爵令嬢のテレネッツァさんを立てるというではありませんか。

ブチ切れた私はカイル様とテレネッツァさんをブン殴り、ついでにその場にいた悪徳貴族の皆様もまとめて血祭にあげました。

翌日、メイドに変装して襲ってきた獣人族のナナカから、カイル様を擁立《ようりつ》しようとしていた宰相のゴドウィン様が私の命を狙っているとの情報を聞き出します。

恥ずかしながら私、肥《こ》え太った悪党の方をブン殴るのがどんな美食《びしょく》を頂くよりも大好きという嗜好を持っておりまして、そんな私にとってゴドウィン様は絶好の獲物でした。

合法的にゴドウィン様に暴力を振るうため、第一王子のジュリアス様と共に悪事の証拠を集めた私は、ゴドウィン様が違法な奴隷オークションを秘密裏に開催しているとの情報を手に入れます。

この機を逃さずにはいられません。

オークション当日、私はレオナルドお兄様が室長をされている秘密機関、王宮秘密調査室と共に意気揚々と会場に乗り込みました。

混乱の最中、裏で糸を引いていたらしいヴァンキッシュ帝国の第一皇子アルフレイム様をお空にブン投げて星にした私は、拳の想い人であるゴドウィン様を思う存分ブン殴ってスッキリ。

後に悪徳宰相飛翔《ゴドウィン・フライハイ》事件と呼ばれた騒動を暴力で解決に導きました。

それから二か月後。

実家でたっぷりと休暇を堪能した私は、馬車で迎えにきたジュリアス様と共に王都の聖教区へと向かいました。

その目的は一年に一度、国をあげて行われる一大行事〝聖地巡礼〟の儀に参加するためです。

聖地巡礼の儀とはディアナ聖教主導の下で行われている、聖女ディアナ様と巡礼の一行が国内にある聖地をめぐり、魔物から国を守っている結界を張り直す儀式のことです。

例年通りであれば、儀式は今年も多くの国民の支持を受けながら何の問題もなく執り行われる予定でした。

ところが今回の聖地巡礼はこれでもかというほどに問題が目白押しで、聖女ディアナ様は聖女としての力を無くしており、ディアナ聖教と対立するパルミア教は聖地巡礼を妨害するためにしつこく襲撃してきたりと、一筋縄では行かない事ばかり。

その上さらに、女神パルミアに与えられた力で私に復讐しにきたテレネッツァさんや、巡礼の一行である聖女守護騎士団《ホーリーオーダーズ》の一員であるにもかかわらず、パルミア教に寝返っていたディオスさんといったように、次々に私に殴られたい希望者の方が現れます。

拳が踊り、舞う血しぶきの量に比例してレオお兄様の胃がきしみ行く中、結界を維持していた大聖石がテレネッツァさんの手により一つ破壊されるも、夢の中で時の神のクロノワ様にお告げを受けた私が覚醒。

パルミア教の信者達を片っ端からブン殴り、クソ女テレネッツァさんをあと一歩のところまで追い詰めます。途中ジュリアス様が魅了《みりょう》の力で操られ、あわやな場面もありましたが、最終的には私の拳がテレネッツァさんの顎にスカッと炸裂。

その後、パルミア教の教皇サルゴン様も捕らえられて、波乱づくめだった聖地巡礼はなんとか一件落着となりました。

さて、お次は一体どんなお肉が私に殴られてくれるのでしょう。

まだ見ぬ最高のクズを殴ることへの期待で胸の高鳴りが抑えられません。

さあ参りましょう。思う存分に暴力を振るえる新天地へ——


「——ああ、良い天気」

見上げれば雲一つない青空。

「空気がおいしいと感じたのは生まれて初めてです」

吸いこめば肺に染みわたる澄んだ空気。

「景観も素晴らしいですわ」

そして眼前に緑々《あおあお》と広がる豊かな自然。

「心が洗われるというのはこのことですわね」

私、スカーレット・エル・ヴァンディミオンは両手を空に上げて伸びをしました。

今日は年に一度のハイキングの日。

普段のドレス姿ではなく、動きやすいブラウスにハーフパンツを履いて準備も万端です。

「身も心も軽く今なら空へも飛んでいけそう。貴方もそう思うでしょう、ナナカ」

準備運動をしつつ問いかけると、傍らにいた黒い執事服にハーフパンツを履いた獣人族の少年――ナナカがジト目で答えました。

「屈伸をするな……スカーレットなら本当に空まで飛んでいきそうで怖い」

ふふ。ナナカったら。

いくら普段より身軽とはいえ、さすがに空までは飛んでいけませんよ。

せいぜい雲くらいまでです。

「というか、ハイキングって普通もっと程よいくらいのなだらかな丘や山道を歩いて、景色を楽しむものだと思うんだけど」

ナナカがうんざりした顔で、歩いている山道に視線を向けました。

幅広ながら傾斜はきつく、舗装《ほそう》されていないあるがままの自然の道は、踏みしめる度に靴裏に硬い土と石の感触を伝えてきます。

「そうですね。ですので、程よく腕、足等の筋肉に負荷がかかる傾斜とでこぼこ具合のコースを選びました」

「気のせいか？　さっき道が二つに別れていた時、商隊が行った観光客向けの道を避けて、明らかに登山家向けの険しい道を選んだように見えたぞ」

「見てくださいナナカ。とても綺麗なお花。レオお兄様へのお土産に一輪摘んでいこうかしら」

「それは毒りんごの花だ！　そのりんごで作ったパイのせいで、とんでもないことになったのを忘れたのか！　って、前もスラム街でこんなやり取りした記憶があるぞ……」

そういえばそんなこともありましたね。

半年前、初めて出会った時のナナカは私の命を狙う暗殺者でした。

しかし、ゴドウィン様の事件や聖地巡礼で行動を共にして、今や専属の従者《じゅうしゃ》として一番近くで私をお世話する立場です。人生何が起こるか分からないものですね。

そんな風に感慨にふけっていると――

「おい」

ナナカが私の前に回り込んで立ちはだかります。

腰に手を当てたナナカは、フンと鼻を鳴らし「いいか」と前置きをしてから言いました。

「なんでもかんでも目に入った物に興味を持つな。山には危険な植物や生き物がたくさんいるんだからな。お前はお嬢様なんだから、そういうのは従者《じゅうしゃ》の僕に任せておけばいいんだ」

「まあ、ナナカったらレオお兄様のようなことを言って。私だって伊達に何年もここでハイキングをしていたわけではありませんわ。安全な物と危険な物の区別くらいはつきます。多分。大体。少しくらいは……？」

「どんどん自信なくしてるじゃないか……そもそもこれはもうハイキングじゃなくてガチガチの登山だからな。というか、ハイキングに来たとしてもその格好は軽装が過ぎるぞ。ほとんど手ぶらじゃないか。山を舐めてるだろ」

「準備を整えてきては意味がありません。山の自然の中で、その場所にある物のみで暮らさなければ楽しくないでしょう？」

胸を張ってそう言うと、ナナカは呆れた表情をしながらも根気よく私を諭そうとして口を開きかけ——途中で何かに思い至ったのか、ジト目になって言いました。

「……ちょっと待て、言っていることの雲行きが怪しいぞ。ただの登山だよな？」

「ただのハイキングですよ。一週間程、なんの物資も持ち込まず、山の中で自然の景観を楽しみながら暮らすだけの」

「そんな過酷なハイキングがあるか！　それはサバイバルって言うんだ！　って、ちょっと待て!?

何の物資も持ち込まず!?」

ナナカが今まで自分が運んでいたカバンの中身を探ります。

勝手に主の持ち物を漁るなんて、わんこの本能がうずいてしまったのかしら。

微笑ましいですわね。

「ナイフに魔法のランタン、替えの服と下着がワンセット……これだけ……？」

「一週間分のハイキングセットですわ。ご心配なく。ナナカの分もちゃんと用意してありますので」

「足りるかー！」

足りるかー！　足りるか――！　足りるか――……と、辺りにやまびこが響き渡ります。

「ふふ。ナナカったら、さっそくハイキングを楽しんでいますわね。やっぱり山に来たから、獣《わんこ》としての本能が騒いで思わず遠吠えをしてしまったのかしら」

「んなわけあるか！　いや、ある意味そうだよ！　獣としての本能が危険を感じて変な汗が出てるよ！」

ナナカが頭を抱えてその場でしゃがみ込みます。

高山病かしら。まだ登り始めたばかりですのに。こんなこともあろうかと痛み止めのお薬を少しだけカバンのポケットに……あら、これはレオお兄様の胃薬でしたわ。うっかり。

「最初から嫌な予感はしてたんだ……よくよく考えたら、ただハイキングするのに、足手まといになるからって、ここまで連れてきた馬車も従者《じゅうしゃ》も途中で返すなんてどう考えてもおかしいだろ……はぁ」

「ナナカとハイキングができる今日という日を、私はずっと楽しみにしていたのです。山での生活は、獣人である貴方にとっては慣れ親しんだものでしょう？　若輩者の私に色々とご教授お願いしますわ、ナナカ先生」

そう言って微笑むと、ナナカは「むぅ」と唸ってからチラッと私の方を見ます。

首を傾けて「ね？」と言うと、ナナカは両腕を組んでそっぽを向きながら言いました。

「ま、まあ仕方ないな。そこまで言うのなら色々教えてやらんでもない……放っておくとお前は何をしでかすか分からないし、レオナルドにもちゃんと見ておくように言われてるからな」

本当は誰かを気づかう優しさを持っているのに、照れ隠しにツンツンしてしまうところは出会った頃から変わりませんわね。

そんなナナカの可愛げのある性格を、私はとても気に入っているのですが、それを直接本人に伝えたら絶対にムスッと頬を膨らませてしまうので、心の内に留めるだけにして黙っておきましょう。

「ありがとうございます。それでは山道を楽しみながら、拠点にする予定の川辺までゆるりと歩いていきましょうか」

「あ、おい！　僕が先導するから先に行くな……って歩くのはや⁉」

先を行く私に慌ててナナカが追いついてきます。

毎年、何があってもお嬢様について行きますと言って引き下がらない体力自慢の執事や従者《じゅうしゃ》も、執事長のセルバンテス以外は途中でギブアップして帰っていきますのに。

山や森で育っただけあって、息も切らさず余裕でついてくるのは流石ですわね。

思っていた通りの楽しいハイキングになりそうですわ。

「貴族社会で暮らしてきたお嬢様のスカーレットが、なんで野生の動物並の反射神経を持っているのか不思議だったけど、理由が分かった……こうして定期的に自然に身を置くことで、心身を研《と》ぎ澄ます鍛錬をしていたんだな」

「鍛錬？　普通のハイキングですよ？」

「これが普通のハイキングだったら、修行で登ってる聖職者はみんなピクニックに来てるってことになるからな――っ！」

ナナカが周囲に目配せをし、何者かの気配を察して身構えます。

当然私も人の気配には気づいておりましたので、荷物を置いてすでに戦闘準備完了です。

「……多いな。それにもう囲まれてる」

「刃物が草葉に擦れる音も聞こえましたし、明らかな敵意を感じます。これはもしや噂に聞いた山賊という輩《やから》でしょうか。恐ろしいですわね」

「だから、なんでそんな嬉しそうなんだ。言ってることと表情がまるで逆だぞ……」

前後の林の中から、ぞろぞろと暗緑色のローブをまとった男達が出てきます。

二十人……いえ、三十人はいるでしょうか。

たった二人を襲うにしては不自然なほどに大所帯ですわね。

まあ、殴れるお肉は多ければ多いに越したことはありませんので、こちらとしては大歓迎ですが。

「もしかして、これを狙ってわざと人通りのない道を選んだんじゃないだろうな？」

嬉しそうにしている私の気配を察して、ナナカが疑いの眼差しを向けてきます。

さすが獣人族。鋭い勘をしていますわね。

「まさかそんな。この地方では時折山賊が出没するという噂は聞いたことがありましたが、こんな昼間に人通りもそれなりにある山道の近くに現れるなんて思いもしませんでした。なんという偶然《こううん》なのでしょう」

まあ、と口元に両手を当てて驚く素振りをします。

それを見たナナカは仏頂面でどこか遠くを見るような目をしたままつぶやきました。

「どうしてだろう。まともなことを言っているはずなのに、さっきからお前の言葉に、違和感しか感じない……」

「考えすぎですわ。それにしても――」

山賊と聞いたので粗野で屈強な方々を想像していたのですが、どの方々も思っていたより華奢《きゃしゃ》で小奇麗な身なりをした方々で、少し拍子抜けをしてしまいました。

持っている得物も誰でも手に入るようなナイフや斧ではなく、騎士が持つような剣や槍といった戦うための武器を手にしている方がほとんどのようですし。

一体どのような出自の方々なのでしょうか。

「……貴族の娘と従者《じゅうしゃ》だな。命までは取らん。持っている物をすべて置いていけ」

山賊のリーダーと思われる、顔を包帯《ほうたい》でぐるぐる巻きにした長髪の殿方がくぐもった声でそう言いました。

手には輪っか状の見慣れない刃物を持っています。

その武器を見たナナカが、緊張した様子で言いました。

「……チャクラムだ。暗殺者が使う暗器《あんき》の一種。こいつら、ただの山賊じゃないぞ」

「やはりそうですか。ということはこの方々は全員——」

リーダーの方だけでなく、周囲の方々の立ち振る舞いも烏合《うごう》の衆《しゅう》と呼ぶには統率が取れていて隙がなく、どこかで訓練を受けた方々のように見受けられます。

もしや、没落した貴族の方か、どこかで騎士をしていた方々なのでしょうか。

それはなんというか、本当に——

「——私は今、貴方達にとても失望しております」

私の落胆の言葉に包帯《ほうたい》男が一瞬固まった後、

「……は？」

と呆けた声を出します。

私はため息をつきながら、男に向かって足を踏み出して言いました。

「私はここでしか取れない山の幸《さち》を食べたかったのです。それなのに、これからブン殴る相手が今まで殴ってきた方々と変わらない、王都に巣食っていたようなクソ野郎の方々だったなんて」

懐にしまってあった鋲《びょう》付きの黒い手袋を取り出し、拳に装着します。

そんな私の仕草を見た周囲の山賊の方々が顔色を変えてざわめき出しました。

「鋲《びょう》付き手袋に長い銀髪、この女まさか……！」

「銀髪の悪魔、撲殺姫スカーレット……！」

そう、知っているのですね、私のことを。

ですが今更気づいたとしても、もう手遅れです。

こちらは既にランチの支度を終えてしまいましたので。

それでは皆様――いただきます。

「正直食傷気味なのですよね、貴方達のような輩《やから》は……まあ、殴りますけれど」

一方的な加害宣言に山賊の方々がたじろぐ中、包帯《ほうたい》男が一人、私に向かって足を踏み出してきました。

「我が名はパルミア教異端審問官《隠身》のバロック。ディアナ聖教の手先、悪魔スカーレット！貴様を打ち滅ぼすこの好機を、どれほど待ち望んでいたことか……！」

怒りに満ちた叫び声と共に、包帯《ほうたい》男が羽織っていたローブを脱ぎ捨てます。

その下にはパルミア教の信者の方々が身に着けていた僧衣がありました。

「あの、山を登っているのにそんなに重ね着をして暑くないですか？」

「余計なお世話だ！」

まあ、すごい剣幕。私はただ素朴な疑問を口にしただけですのに。

「自己表現が苦手なシャイな方なのかしら。お顔の包帯《ほうたい》もそのせい……？」

首を傾げてそう言うと、ナナカが哀れみの表情でつぶやきます。

「あんまり突っ込んでやるなよ。あいつらも色々必死なんだろ多分……」

山賊にも情けをかけるなんて、なんと慈悲深いわんこなのでしょう。

私もそれに倣《なら》い、彼らに一振りの慈悲を与えるとしましょうか。拳で。

「人をコケにしおって……！　だがそんな軽口を叩けるのも今の内だぞ！」

周囲の山賊の方々が一斉にローブを脱ぎ捨てます。鎧を着こんだ騎士くずれの者、パルミア教の僧衣を着た者。または貴族が着る上等な衣服を纏う者。

私が予想していた通り、この方々はただの山賊ではなく、王都かそれに近い裕福な場所で暮らしていた方々で間違いはなさそうです。

彼らは憎しみに満ちた声で高らかに叫びます。

「我らは邪なるディアナ聖教や卑劣《ひれつ》な王族の策略により、王都を追われし者なり！」

散々な言われようですが、卑劣な王族《ジュリアス》という下りには全面的に同意いたしましょう。

「志《こころざし》こそ違えども、我らは腐りきった今のパリスタン王国をあるべき姿に戻すという目的のために戦う同志。手を組み、ここで力を蓄えながら雌伏《しふく》の時を過ごしていたのだ。そこへすべての元凶たる貴様が現れた……！」

山賊の方々が手に持った武器を私達に向けてきます。

そして怒りの表情をあらわにすると、一斉に恨み言をまくし立ててきました。

「スカーレット！　忌々しい女め！　貴様さえいなければゴドウィン様は失脚《しっきゃく》せず、一生を遊んで暮らせていたというのに！　絶対に許さぬ！」

「スカーレット！　悪魔の手先め！　貴様さえいなければディアナ聖教を叩き潰し、美しいテレネッツァ様に一生お仕えすることができたものを！　絶対に許さんぞ！」

なるほど。この方々、クズ二大巨頭である元宰相ゴドウィン様と現在収監中のクソ女テレネッツァさんの崇拝者《すうはいしゃ》ですか。

王宮秘密調査室によってそのほとんどが断罪され、軽い罪の者達は身分を剥奪《はくだつ》された上に、王都から追放されたとは聞いていましたが、こんなところで健気にも身を寄せ合っていたのですね。可哀相に。

「――責任を取りましょう」

「……なんだと？」

私の一言にバロックさんが怪訝な声をあげます。

私は胸に手を当てて、罪を懺悔《ざんげ》するように真摯《しんし》な態度で続けました。

「元は王都で暮らしていた貴方達が、こんな人里離れた山の中で惨めな醜態を晒さなくてはいけなくなった原因の一端は私にあります。ですから、その責任を取ると言っているのです」

山賊の方々は顔を見合わせてから一瞬黙り込むと、先ほどにも勝る凄まじい勢いでまくし立ててきました。

「そうだ！　責任を取れ！　失った俺の奴隷を賠償《ばいしょう》しろ！」

「そうだそうだ！　お布施と偽ってバカな民から騙し取った高価な食器を返せ！」

「金返せ！」

「家返せ！」

「身分を返せ！」

「全部返せ！」

「かーえーせ！　かーえーせ！」

手を振り上げて大合唱を始める山賊の方々。なんという清々しいまでのクズっぷりでしょう。

自らがしたことをすべて棚に上げて、欲望のままに甘い汁だけを吸おうとする。

これはやはり私が責任を取らなければなりませんね。

「なんでも返せと言って良いなら私も言わずにはいられん！　親のコネと賄賂《わいろ》で入った騎士団を首にされて汚れた私の名誉も返――ぐぎゃっ!?」

とりあえず、手近で何事かしゃべろうとしていた騎士くずれの方の顔面を殴りました。

くるくるとキリ揉み回転しながら空を飛んでいったその方は、木に激突して動かなくなります。

その様子を見た山賊の方々は唖然とした表情で言いました。

「え……何で殴った？」

「責任を取ってくれるんじゃ……？」

頬についた返り血を拳の背でぬぐいながら、私は申し訳なさそうに言いました。

「貴方達の話を聞いて、私は自らの過ちに気が付きました。先ほどは殴り飽きて食傷気味だなんて言って、申し訳ございません。正直最初は適当に殴って動けなくしてから、近くの村に引き渡そうと思っておりました。ですが――」

拳を振り、手袋についた血を払います。

「貴方達のお話を聞いている内に考えを改めることにしたのです。この方々はただの小悪党ではなく、私に殴られてしかるべき立派なクズだと」

そして、両手を握り込み構えた私は、今からサンドバッグとなる彼らに笑顔でこう告げました。

「なので最後まで責任を取って――全員の顔の形が変形して再起不能になるまで、完膚《かんぷ》なきまでにボコボコにブン殴ってあげますね」

「そんな暴力的な責任の取り方があるかー！」

ツッコミを無視して地面に思い切り拳を叩きつけます。

轟音と共に大地が砕け、私を中心に小さなクレーターができ上がりました。

それと同時にグラリと、周囲の地面が揺れ動きます。

「なっ⁉　拳で地面を揺らしただと⁉」

「なんという馬鹿力……こやつ本当に人間か⁉」

山賊の方々が体勢を崩します。

その隙を見逃さず、私は防御の薄い僧衣を着た方に駆け寄って――

「淑女《しゅくじょ》に対して馬鹿とは失礼の極みですわね。反省して下さいな――雲の上で」

「うぎゃあああ――⁉」

下から突き上げるアッパーカットにより、雲の上まで吹き飛ばしました。

これを機に俗世の欲を捨て、霞だけを食べる立派な聖人となってくださいね。

「――鉄鎖《てっさ》よ、巻き付き絡み付け！」

周囲から詠唱が聞こえると共に、魔法の鎖があらゆる方向から私に向かって放たれ、絡みつこうとしてきます。

これは……束縛の魔法ですね。確かに肉弾戦主体の私には有効な手ですが、行動を阻害する魔法を無効化する魔道具〝赤水晶の耳飾り〟を付けた私に、この手の魔法は通用しません。

彼らもそれが分かっていたのでしょう。間髪入れずにバロックさんが叫びました。

「今だ！　騎士達よ、囲んで突け！」

私を取り囲んだ騎士崩れの方々が円を狭めるように殺到し、一斉に槍で突いてきます。考えましたね。いくら赤水晶の耳飾りが行動阻害を無効化するとはいえ、魔道具である以上、起動には一瞬の遅れが生じます。

一秒程度の短い時間ではありますが、その間私は一切の行動を封じられるでしょう。その隙を狙われれば、いくら私でも回避は困難と言わざるを得ません——まあ、地上で避けようと思ったらの話ですが。

「宮廷《きゅうてい》で習わなかったのですか？　淑女《しゅくじょ》をうまくリードしたいのであれば、冷たい鉄の槍で囲むのではなく、優しく包み込むように抱き締めなければ」

束縛を無効化した瞬間、地面を蹴って飛び上がり、私に向かって突き出された槍を回避します。そしてそのまま眼下で交差している槍の上を足場にするように、ふわっと着地。

「はあ⁉」

自分達の槍の上に乗った私を、騎士崩れの方々は信じられないといった驚きの表情で見上げております。

微笑んだ私は、ハーフパンツの裾をつまんで優雅に会釈《えしゃく》をしました。ドレスのスカートではないので、見た目の優美さは幾分か落ちますが、その分速さを増した技のキレでご勘弁を。

「さあ、踊りましょう？」

「ぐわぁッ⁉」

「に、逃げるんばぁッ!?」

ぐるりと円を描くような私の回し蹴りによって顔面を強打された騎士崩れの方々がパーン！　と弾けるように四方に吹き飛び、山肌にズドンと頭から突き刺さりました。

「中々良い飛距離が出ましたね。この調子でどんどん行きましょうか」

服の土ぼこりを払いながら周囲を見渡し、次の獲物を物色《ぶっしょく》します。

ふと、少し離れたところで、ナナカがナイフを片手に手持無沙汰に立っているのが視界に入りました。あまりにも暇そうにしているのでひらひらと手を振って微笑むと、ナナカはムッとした顔で言いました。

「背中は僕に任せろと言おうとしたのに出番がない……！」

「あらダメですよ、ナナカ。私の背中は攻撃に巻き込まれる可能性が高いので、もう少し離れたところで見守っていて――」

その刹那《せつな》、ヒィン、と。何かが風を切るような音が微かに聞こえました。

反射的に身を反らすと、頬がスッと、不可視《ふかし》の刃のような物で切りつけられます。

「スカーレット、大丈夫か!?」

傷口から滲む血を見て、慌てて駆け寄ってこようとするナナカを手で制止します。

「大丈夫。薄皮一枚切り裂かれただけですわ」

――不可視《ふかし》の攻撃。

近くに人の気配を感じなかったことから察するに、近接攻撃ではなく飛び道具によるものですか。

「……これぞ魔道具〝隠者《いんじゃ》の羽衣《はごろも》〟の力よ。見えざる我が刃にて散れ、銀髪の悪魔スカーレット！」

どこからかバロックさんの声だけが響いてきます。

不可視《ふかし》になったのは攻撃だけでなく、バロックさん本体も同様のようですわね。

「バロック様の〝死の舞踏《ぶとう》〟だ！　巻き添えを食らうぞ！　全員離れろ！」

山賊の方々が叫び、一斉に私から距離を取ります。

死の舞踏《ぶとう》とはまた、物騒《ぶっそう》な踊りですこと。気品ある私の舞踏《まわしげり》を見習っていただきたいものです。

「見えざる我が刃から逃れるためにあがきながら切り刻まれ、血の華を咲かせる様はさながら死の舞踏《ぶとう》……さあ踊れ、死のダンスを！」

殺意が込められたバロックさんの声と同時に、不可視《ふかし》の刃が飛んできます。

微かに聞こえるチャクラムの風切り音をたよりに最小限の所作でかわすと、二の腕あたりの服の生地がわずかに削がれました。

「負傷は避けたようだが、その幸運。いつまで続くかな？」

再びバロックさんの声が周囲に響き渡ります。

小さく避ければ負傷は免れず、大きく避ければそれを予測して刃を投げられた時にそれ以上の回避行動が取れなくなり、致命傷を負いかねない……中々面倒な攻撃ですね。

「スカーレット！」

反撃の方法を考えていると、ナナカが私の傍に駆け寄ってきました。

おやつの時間にはまだ早いですが、どうしたのでしょうか。

「ようやく僕の出番みたいだな」

身を低くしてナイフを構えたナナカは、余裕の笑みを浮かべて言いました。

「姿は見えなくても匂いまでは消せない。僕には、隠れたあいつのいる場所が手に取るようにわかる。後は任せろ」

確かに獣人族であるナナカの鋭い嗅覚を持ってすれば、バロックさんの位置の特定は容易でしょう。出番がなくてうずうずしていたようですし、普段ならば我が家の可愛い従者《わんこ》のために獲物の一匹や二匹、譲ってあげても良かったのですが――

「……お下がりなさい、ナナカ」

少しでも空気抵抗を減らすため、手袋を外します。

さらにどこに敵がいても即座に反応できるように、足のカカトを浮かせてつま先でステップ。

今からやろうとしていることは、いかに早く相手の位置を察知し、最速で拳を振り抜けるかにかかっております。

必要なのは重く強力な一撃《メインディッシュ》ではなく、ただ軽く素早い一撃《オードブル》。

「嫁入り前の淑女《しゅくじょ》のお肌に傷をつけた罪――それはこの世で最も重く、万死《ばんし》に値《あたい》するもの。ナナカには申し訳ありませんが――」

怪訝な表情をしているナナカに微笑んで拳を構えます。

「今の私は、あのお方の顔面に直接有罪の実刑判決《こぶし》を叩きつけなければ気が済みません。ですので
ナナカは大人しくそこでお座りして待っていて下さいな」

「で、でも！　どうやってあいつの位置を把握するつもりだ？　僕が場所を教えたとしても、常に
動き回って的《まと》を絞らせないあいつに、接近して攻撃を当てるなんて無理だ！」

「接近して攻撃を当てるのが難しいならば、近づかなければ良いだけの話です」

「それができれば――っ！」

飛んできた複数の見えないチャクラムをナナカがナイフで弾きます。

その内の弾ききれなかった刃が一つ、私の足元を掠めて浅い切り傷を作りました。

しかし私は動じず、目を閉じて五感を研ぎ澄ませます。

「――笑止」

不意に右側面の木からバロックさんの声が聞こえてきました。

声はさらに真後ろ、左側面、前方からと。私を中心にして円を描くように聞こえてきます。

となれば次の声の出所は――

「近づかなければ良いだと？　魔法でも唱えるつもりか？　そんな余裕があるとでも思って――」

予想通り、その声は右側面の木の上に移動しようとしているところでした。

「クロノワの加護〝身体強化〟――」

反動から身体を保護するため、身体強化の加護を発動。さらに――

「〝加速三倍《アクセラレーションスリーバースト》〟――！」

身体の動きを加速させる加護を使い、脱力した状態から早さだけを追及した左拳を一気に振り抜きます。音速を越えた私の拳は空気を切り裂き、衝撃波となってバロックさんがいるであろう右側面の木の上に向かって飛んでいきました。

「がっ⁉」

パァン！　と空気が破裂する音と共に、拳圧を受けたバロックさんが姿を現し、木から落ちてきます。一点に集中した拳圧による遠距離攻撃――ぶっつけ本番だったのですが、どうやらうまくいったようです。

「幼き頃、家庭教師の先生がやっていたことを真似てみたのですが、物は試し、やってみるものですね」

ぐっと拳を握ってガッツポーズを取る私に、ナナカが呆れた顔で言いました。

「いや、何をどうやったらただのパンチで遠くにいる相手を倒せるんだよ……スカーレットもその教師も人間辞めてるだろ、もう……」

まあナナカったら。私の攻撃などまだまだ可愛いものですわ。

今のも加護を使い、意識を拳一点に集中することでようやく真似ができたのですから。

先生は加護も魔法も何も発動した様子もなく、ただ純粋な拳のスピードと精密な力のコントロールだけで衝撃波を放っていたのです。

あれこそ、人智《じんち》を超えた技と言えるでしょう。さすがは先生です。

「ぐぅ……な、何が起こった……？」

殴られた顔を押さえながら、バロックさんがよろよろと立ち上がります。

彼は目の前に立っている私を見ると、服を羽織るような仕草をして慌てて叫びました。

「隠者《いんじゃ》の羽衣《はごろも》よ！」

バロックさんの姿が景色に溶け込み消えます。ですが――

「ここら辺でしょうか」

「ぐはぁっ⁉」

無造作に放った私の拳が見えないバロックさんのどこかをえぐりました。

少し遅れて腹を押さえてうずくまったバロックさんが姿を現します。

「お好きなだけ隠れて良いですよ。その度に殴って叩き出して差し上げますので」

笑顔でそう告げて、左の拳をにぎにぎします。

バロックさんは引きつったお顔で私を見上げると、困惑した声で言いました。

「な、なぜだ……なぜ私に攻撃を当てられる⁉」

「まだ気づきませんか？　さて、これはなんでしょう」

「これ……？」

右手に握った包帯《ほうたい》を見せつけます。

バロックさんはそれが自分の身体から伸びている物だと気がつくと——

「……待て。一旦仕切り直そうではないか。隠者《いんじゃ》の羽衣《はごろも》を見破った貴様に敬意を表して、今度はチャクラムを使わずに相手をしてやろう。何を隠そう、私には未だ誰にも見せたことがない剣を使った秘技がある。だから正々堂々、拳と剣のぶつかり合いで決着をつけて——」

「先ほど申し上げましたね、実刑判決だと。断罪《ギルティ》ですわ、バロックさん——お山の養分になりなさい」

包帯《ほうたい》を引っ張りこちら側に引き寄せながら、顔面に拳を叩きつけます。

「うぎゃあああ!?」

吹っ飛び後ろに引っ張られた身体の勢いに耐えきれなくなった包帯《ほうたい》が引きちぎれると、バロックさんは遥か遠くの山肌に頭から突っ込んで、上半身を地面に埋めたまま動かなくなりました。

「頭隠して尻隠さず。隠れるのがお上手なバロックさんにしてはお粗末な最後でしたわね」

拳を引き、構えを解いて一息つきます。

前衛芸術と化したバロックさんを見て、ナナカは嫌そうな顔をしていました。

「あいつの姿を見てたら、初対面でスカーレットに殴られた時のトラウマが蘇ってきた……」

「安心してください。ナナカはもっと可愛い感じで壁に埋まっていましたよ。なにしろメイド服でしたし」

「どこに安心する要素があるんだよ！」

さて、本命をぶっ飛ばしたところで。残った残飯《さんぞく》の処理はどうしましょうか。

そう思いながら彼らがいた方に振り返ると――

「あんな化け物と戦っていられるかあ！　逃げろ逃げろ！」

「家の再興《さいこう》などどうでも良い！　あんな無惨な姿になるのだけはごめんだ！」

「前衛芸術になるのは嫌だあ！」

口々に悲鳴をあげて我先にと逃亡していきました。

こんな辺鄙《へんぴ》な場所に来てまで這いあがってやろうという不屈《ふくつ》の気概があるのかと思えば、少し不利な状況になればすぐに泣き言を口にし、現実に向き合わず背を向けて逃げ出す。

本当に救いようのないクズ共ですわね。

「ナナカ、逃亡した彼らの捕縛をお任せしてもよろしいでしょうか」

「それは構わないけど……って、おい！　スカーレット!?」

ナナカの声を背中に受けながら、身体強化を使って地面を蹴り跳躍。そのままの勢いで一気に山を駆けおります。行き先は先ほど通った分かれ道の先。商隊が進んでいった観光客向けの山道です。

「……間に合うかしら」

山賊が私達を監視していて機を見て襲ってきたのであれば、当然商隊が近く通るのも把握していたはず。商隊には冒険者の護衛の方々もいましたが、私達が相対したような訓練を積んだ騎士や異端審問官に襲われては分が悪いでしょう。

無辜《むこ》の民に被害が出る前に、一刻も早く私の暴力をお届けしなければなりません。

「……？」

逸る気持ちを抑えながら、山の斜面を一足飛びで駆けていると、遥か頭上の空からなにか大きな物体が飛んでくるような音が聞こえてきました。

空を見上げると、木々の葉の隙間から黒い巨大な生き物の影が垣間見えます。

「あれは……飛竜？」

見間違いようもありません。それはゴドウィン様を追い詰めた奴隷オークションの会場となった大講堂の屋上――そこに舞い降りてきた隣国ヴァンキッシュに住まう飛竜の姿でした。

我がヴァンディミオン家のペット兼、私の乗騎となっているレックスのおかげで飛竜の存在は見慣れていますし、そもそもここら辺には野生の飛竜も生息しているので、見かけること自体は珍しくはないでしょう。

ですが、今空を飛んでいった飛竜には鞍《くら》が付いており、私の角度からは良く見えませんでしたが明らかに人が騎乗しているようでした。

つまりあれは野生の飛竜ではなく、ヴァンキッシュ帝国の竜騎兵が乗った飛竜だということです。

「――〝加速二倍《アクセラレーションツインターボ》〟」

足元に加速《アクセラレーション》の加護を集中させて地面を蹴り、一気に突き進みます。

国境に近いとはいえ、ここはまだパリスタン王国の領土。ヴァンキッシュの飛竜が入り込んでいるなんて、尋常な事態ではありません。

しかも飛竜が向かっていった先は、商隊が向かっていった方角。

となれば――

「息抜きに登山をして、ついでに山の幸《さんぞく》をつまめれば良いと思っておりましたが……これはとんだ大捕り物《バーベキュー》になりそうですわね」

斜面を駆けおりている途中、遠くから「ぎょえええ⁉」という野太い殿方の悲鳴が聞こえてきました。普段ならば「まあ愉快な悲鳴！」と笑顔になるところですが、悲鳴に混じって竜の鳴き声と共に「オラァ！　オラァ！」とガラの悪そうな殿方の怒号が聞こえる以上、そう楽観視してはいられなさそうです。

「……それにしてもヴァンキッシュの竜騎兵ですか。まさかとは思いますが、またあのお方が関わっているのではないでしょうね」

殴っても気持ち良くない嫌なお肉の記憶が蘇りかけますが、足に力を込めて思い切り跳躍することで振り払います。

景色があっという間に後方に流れていき雑木林を抜けると、開けた山道に出ました。

そこには動きを止めた商隊の馬車と商人。

倒れ伏した山賊と思わしき十数人の男達。

そしてひと際目立つ一人の殿方の後ろ姿がありました。燃えるような赤髪をして、竜を模した刺々しい鎧を着こんだその方は、私の気配を察したのかこちらに向かって振り返ります。

その方は私を見るなり口元を緩め、歓喜に満ちあふれた声で言いました。

「——おお、運命の時は来たり。この瞬間を一体、幾星霜《いくせいそう》待ち望んだことか」

燃えるような赤髪に肉食獣めいたギラギラとした目。

鎧の上からでも分かる屈強な肉体をしたその殿方の名は、アルフレイム・レア・ヴァンキッシュ様。隣国ヴァンキッシュ帝国の第一皇子であり、かつてゴドウィン様をそそのかして我が国に内乱を起こそうと画策した張本人です。

「……ごきげんよう、アルフレイム様。お久しぶりですわね」

鋼鉄の神メテオールの加護を持つアルフレイム様は、私の攻撃すらも余裕で受け止める尋常ではない耐久力の持ち主で、槍の腕前に関しても大陸で五指に入ると言われている武名高きお方でした。

そこだけを取ってみれば、一定の敬意を持ってしかるべきお方のように見えます。

実際、出会った時の印象さえ悪くなければ、私もアルフレイム様を一国の皇子として敬意を持って接する未来もあったでしょう。

ですが、彼の性格や気質を知った今となっては、それはもう絶対にあり得ないと断言できます。

なぜなら——

「愛しの撲殺姫スカーレットよ。我が伴侶《はんりょ》となり、共に竜の国を統べようではないか。私のプロポーズ、受けてくれるな……？」

奴隷オークションの日、大講堂の屋上で初めて出会った時と同じように、私の足元にひざまずいて求婚をしてくるアルフレイム様。このようにこの方は、自分が気に入った女性に対して、場所も空気もわきまえずに求婚するという節操《せっそう》のなさをお持ちなのです。

正直に言って私が一番嫌いなタイプの殿方ですわね。

そんなお方に対する答えは言葉ではなく、これで十分でしょう。

「謹んでお断り申し上げます」

「オッフゥ!?」

私に顔面を殴られて頭からズザーッと地面を滑っていくアルフレイム様。

相変わらずまるで鉄でも叩いたかのようなこの感触……

やっぱり私、このお肉嫌い。

◆◆◆

「危ないところを救って頂き、なんとお礼を言えばよいか……本当にありがとうございました、ヴァンキッシュの方々」

救われたことに感謝して去っていく商隊を見送った後。

アルフレイム様が引き連れていた鎧姿の四人の竜騎兵の一人——ジンと名乗る、鋭い目つきをした短髪の方が、私に頭を下げました。

「主の無礼をお詫びいたします。ヴァンディミオン家のご令嬢」

「顔面を殴られた主《わたし》の心配はなしか？」

会話に割って入ろうとしてくるアルフレイム様を、自業自得ですと言わんばかりに涼しい顔で無視するジン様。このお方、蛮族国家《ヴァンキッシュ》の兵らしからぬ落ち着いた物腰をしておりますわ。

しかし油断はできません。なにしろあのアルフレイム様の部下ですから。

「お詫びは結構です。その方のおかしな言動は既に存じておりますので。そんなことよりも、隣国ヴァンキッシュの兵である貴方達が、パリスタンの領土であるこの地で一体何をしているのですか？」

念のため、いつ戦闘になっても良いように気を張っておきましょう。

少しでも彼らが攻撃の意志を見せたら、即座に殴りかかれるように。

「言わずとも分かっておりますわね？　領土侵犯は宣戦布告と同義だということを」

私の問いにジン様は少し思案するように目を伏せます。

そして、言葉を選ぶように慎重に口を開こうとした直後。

突然思い立ったかのように、アルフレイム様が自信満々のドヤ顔で割り込んできました。

「近くを飛んでいたら、我が国に商品を運ぶ商隊が賊に襲われておるではないか！　周囲にパリスタンの兵はおらぬし、このままでは積荷が危ういと思った故、救ったまでのことよ！　善行をなすと心地が良いな！　はっはっは！」

会話を遮られたジン様が眉根を寄せて、なにか言いたげな表情でアルフレイム様を一瞥します。敵国の方ながらそのお気持ち、とても良く分かります。殴りたいですよね、この笑顔。

ジン様はため息をついてから、私に向き直って言いました。

「領土侵犯については機密事項故に詳細はお話できませんが、ヴァンキッシュの国境に近い山岳地帯の通行に関していえば、パリスタン側の許可を得て行っていることです。決して、そちらの国と争うつもりではないことをご理解していただきたく――」

「その通り！　水面下ではすでにジュリアス殿と話は通してある故、何も心配することはないのだぞ、スカーレ――オッフゥ!?」

ジン様が持っていた槍の石突でアルフレイム様の腹をゴスッと突きました。

かなりの勢いでいったせいか、さしものアルフレイム様も腹を押さえて震えています。

「機密事項と言ったばかりなのに、さっきから何勝手してくれてるんですかこのクソ皇子は。お願いですからもう口を開かないでくれます？　突きますよ？」

「もう突いておるのだが……」

思わずよくやったと親指を立てそうになりました。でも冷静に考えてみれば、主を諫めるにしても石突とはいえ槍で突くのはさすがにやりすぎなのでは――

「あーアル様、またジン兄《にい》に殴られてるー」

「自業自得。良い薬だ」

「なんだ決闘か⁉　うおー！　俺も混ぜろー！」

と思いましたが、配下の竜騎兵の方々の緩い反応を見るに日常茶飯事なのでしょう。

仲がおよろしいことで。

「ジュリアス様に話は通してある、と言っておりましたが、一体どういうことですか？」

ジン様に問うと、彼は「それは……」と言い淀み、アルフレイム様を見てチッと舌打ちをしました。

「貴方が余計な口出しをするから面倒なことになってしまったではないですか。一体どうするんですかこの始末。先方に怒られても知りませんよ、俺」

「やってしまったものは仕方あるまい！　なに、スカーレットならば言ってしまっても大丈夫であろう！　遅かれ早かれ私の妻になる女であるからな！」

たとえ生まれ変わったとしても絶対にそれだけはあり得ないのでご安心を。

「もし言い辛いことであれば、拳で直接身体にお聞きしましょうか？」

拳を握りしめながら首を傾げると、アルフレイム様は両手を広げた無防備なお姿になり目を大きく見開きます。

「相変わらず激しい愛情表現であるな⁉　良いぞ良いぞ！　あの夜の続きを今ここで始めようか！」

「舐められたものですね。いくら鋼体の加護があるとはいえ、数々の戦いで鍛え上げられた今の私を、あの時と同じように思っているのならば痛い目を見ますよ。死ぬほどに」

「ほう、それは楽しみだ。私も以前と同じではないぞ。貴女が鍛えていたように、私の加護と筋肉も日々密度と硬度を増している。このようにな――！」

鋼体の加護の発露を感じた瞬間、アルフレイム様の足元の地面がひび割れます。

言葉通り、以前に相対した時よりさらに力を増しているようですわね。

まったく面倒な。あらゆる意味でこの方と私の相性は最悪なようです。

「さあ来たまえ。我が全霊を持って、貴女の想いと拳すべてを抱き締めてみせよう！」

「二度とパリスタンの地に足を踏み入れることができないように、今度は天界の果てまでぶっ飛ばして差し上げますわ」

〝身体強化〟と〝加速《アクセラレーション》〟の加護を重ね掛け――場合によっては〝停滞《オーバークロック》〟も使うことになるでしょう。ただでも打撃の効果が薄いこの方相手に生半可な攻撃など無意味ですし、不本意ながら最初から全力でいかせていただきます。

問題はアルフレイム様を倒した後、配下の方々をまとめて相手にできるかということですが――

「アルフレイム様」

大柄で頬に大きな傷がある竜騎兵の方が、何か四角い箱のような物を持って私達の方に近づいてきました。あれは……遠距離通信用の魔道具でしょうか。

「どうした！　見た通り、今私は久方ぶりの強者との闘争を前に血が滾っておる！　くだらない理由であれば、お前達であろうが容赦せぬぞ！」

「パリスタンから通信が入っております。同盟を破棄されたくなければ五秒以内に出るようにとのことです」

「ようし！　しばし待っておれ、スカーレット！」

そのままの勢いで傷のある竜騎兵の方に駆け寄っていくアルフレイム様。

この計ったかのようなタイミングでの通信。

何かとても嫌な予感がします。そう、腹黒なあのお方の予感が。

まあそれはそれとして──

「──背中がガラ空きですわ、業火の貴公子《アルフレイム》様」

助走をつけてアルフレイム様の背に飛び蹴りを叩き込みます。

「ぐおおお!?」

ドゴォ！　という打撃音を残して、アルフレイム様が地面に顔面を擦り付けながら吹っ飛んで行きます。

「それで、通信とはどなたからです？」

何事もなかったかのようにそう言うと、吹っ飛んでいったアルフレイム様を無言で見つめていた傷ありの方が、ジン様に問いかけます。

「副隊長、良いのか？」

「何をやっているんだかあのクソ皇子は……ああ。この方であれば問題ない」

ジン様が許可を出すと、傷ありの方は「どうぞ」と言って私に通信機の受話器を差し出してきました。物分かりが良くて結構なことです。

さて、一体どんな腹黒な声が聞こえてくるのでしょう――

「『スカーレット⁉　なんだ、今の人間が地面を削りながら滑っていくような音と雄たけびは⁉　おい、スカーレット！　そこにいるんだろう！　スカーレットォオオ！』」

「……レオお兄様？」

受話器向こうの意外なその声に、思わず目を丸くしてしまいました。

どうしてレオお兄様がヴァンキッシュの方々と通信を？

なにはともあれ、早急に私がおかれている状況を説明しなければなりません。

そうしないとお兄様の胃が死んでしまいます。

「『落ち着けレオ。山にアクシデントは付き物だ。私が思うに、どこぞの皇子が、背中から野生の獣に飛び蹴りでもされて吹っ飛んでいったのだろうよ。そうであろう、狂犬姫《スカーレット》よ』」

叫ぶお兄様の声を背景に、含み笑いを堪えた腹黒な声が聞こえてきました。

あの、無理矢理取っておいてなんですが、やっぱりこの通信切って良いですか？

「『その様子ではまだ大事に及んではいないようだな。一応言っておくと、私はそこで転がっているであろうヴァンキッシュの第一皇子と個人的な協力関係を結んでいる。敵対するような行為は謹んでもらえると嬉しいのだが』」

受話器を傷ありの方に返そうとしたタイミングを見計らうように、再びジュリアス様の声が聞こえてきました。

まあ、そうですわよね。ジュリアス様なら秘密裡にヴァンキッシュの方と連絡を取り、何か良からぬことを企んでいたとしてもなにも違和感はありません。

「既に飛び蹴りしてしまった後ですが」

「『一発や二発程度ならまあ大丈夫だろう。鋼鉄よりも硬い身体と、雲一つない蒼穹《そうきゅう》がごとく能天気……ではなく、広い心を持っているアルフレイム殿のことだ。その程度のことでケチケチ言うまい』」

私の一発や二発程度は普通の方なら致命傷の一撃ですが。

念のためチラリと転がっていったアルフレイム様に視線を向けます。

「わずかな隙も見逃さぬその容赦のなさ！　ますます惚れたぞ、スカーレット！」

何事もなかったかのように立ち上がっておりました。

もう二、三発程度ブチ込んでも大丈夫じゃないですか、あの方。

いいえ、今は殴っても楽しくないお肉のことは後回しにしましょう。

「……ジュリアス様、お聞きしてもよろしいですか？」

「『何だ？　まあ、何を言おうとしているのかは大体予想はつくが』」

「そこにいるヴァンキッシュ帝国の方々は、元宰相であるゴドウィン様をそそのかし、パリスタン王国を破滅に追いやろうとした張本人です。そんな方々と個人的に協力関係を結んだ、などと聞かされては平静でいられるはずもありません」

かつての事件の時、彼らがどこまで裏で糸を引いていたのか。どれだけゴドウィン様と密接な関係にあったのか。それは今となっては知る由もありません。ですが――

「おそらくは、なにか彼らとの間で高度な政治的駆け引きがあったのでしょう。ですがあの時、奴隷オークションの現場にいた私としては、心情的にどうしてもこの方々を信用できません。端的に言えば、そう――今すぐここにいる全員をぶっ飛ばして、ヴァンキッシュまで空輪で強制送還してやりたいとすら思っております」

私の言葉に、ヴァンキッシュの方々の顔色が緊張したものに変わります。

次の瞬間、いつ戦闘が始まってもおかしくない。そう判断したのでしょう。

その直感は正解です。隙あらば殴る。それが私のモットーですから。

「そうさせたくないのであれば、協力関係を結ぶに至った経緯と理由をお聞かせくださいませ。ちなみに先ほどジン様がおっしゃったような機密故に言えない、などという言い訳は通用しないものと思ってくださいな」

名指しされたジン様が顔をしかめて、面倒なことになったと言わんばかりの表情をされています。

私としても、こんな面倒なやり取りはせずに手っ取り早く殴って解決したいのです。

ですが、レオお兄様にもこのやり取りを聞かれてしまっている以上、なるべく穏便に解決しようとしたという建て前がなければ後で悲しませてしまいますからね。

兄想いの良き妹というのも大変なものです。ふふ。

「『悪徳宰相飛翔事件《ゴドウィン・フライハイ》から少し経った後、アルフレイム殿から手紙が届いてな。そこには件の事件は自分が個人的に企んだことで、国は何も関与していないという言葉と共に、私と個人的な協力関係を結びたいという旨が書かれていた』」

ジュリアス様から聞かされた衝撃の事実に、私は思わず呆れてしまいました。

パリスタン王国の安寧《あんねい》を揺るがすようなことを国の方針ではなく、個人的に企んでいたというのも十二分に腹立たしいことですが、その上さらに――

「我が国を侵略しようとした直後にその口で協力関係を結びたいなどと、大した二枚舌ですわね」

目を細めてアルフレイム様を睨みつけます。

私の視線に気づいた彼は、満面のドヤ顔で言いました。

「良く分からんが褒められたようだぞ、お前達！　ふはは！　さすが私！　燃え盛らんばかりの存在感がなにをしようと人の憧憬《どうけい》と羨望を集めてしまう！　自分の才能が恐ろしいぞ！」

「どう見てもあれは軽蔑《けいべつ》の視線ですよ。クソ皇子」

ジン様に辛辣な突っ込みを受けているアルフレイム様から視線を外します。

もう彼を見るのは辞めましょう。精神衛生上あまりよろしくなさそうです。殴ってもおいしくありませんし、言動も脳筋すぎて理解できませんし。

私のため息が受話器の向こうにも届いたのでしょう。

ジュリアス様は苦笑するような声を漏らした後、話を続けました。

「『私はさして驚きはしなかったがな。ヴァンキッシュ側の事情も予想がついていたし、アルフレイム殿個人の企みであったという話もヴァンキッシュに放っていた間諜《スパイ》の報告から、裏は取ってある。自国が荒れている中で侵略が成功しなかった以上、内と外に敵を作らないためにもとりあえず片方と同盟を結ぶのは、感情論を除けばまっとうな考えだ』」

「ヴァンキッシュ側の事情とは……後継者争いに関係することですか？」

パリスタンの宮廷《きゅうてい》でまことしやかに流れていた噂によれば、ヴァンキッシュ帝国の現皇帝は年齢と病気が原因で、近々退位することを発表されたとか。

ヴァンキッシュ帝国といえば、代々最も武勇が優れた者が皇帝となり国を統べる、正に己の拳こそがすべての脳筋国家。世襲制《せしゅうせい》ではない以上、ヴァンキッシュに暮らす、すべての者に皇位継承権が存在し、後継者争いの激しさは他の国の比ではないとのことです。

今は正にその真っ最中とのことですから、国内は身内同士の争いによって荒れに荒れていることでしょう。

「『そうだ。いくらヴァンキッシュ帝国が武力偏重主義とはいえ、後継者争いを勝ち抜くために、立ち塞がる者を一人一人殴り倒していては埒《らち》があかぬ。それゆえあらかじめ自らが持つ戦力を国内外に示すことで、恭順《きょうじゅん》する者、敵対する者を選別し、無駄に争う手間を省く必要があるのだろう』」

「パリスタン王国を手に入れようとしたのもそのため、ということですが」

「『私はそう予想していたし、アルフレイム殿からも言質《げんち》を取った故、間違いないだろう』」

パリスタン王国を自らの手で落としたという功績によって武勇を示し、国内での自分の立ち位置を盤石にしようとした、ということですか。自分が皇帝になるためのトロフィーとしてパリスタン王国を利用しようとしていただなんて。聞けば聞くほどに腹立たしい話ですね。

ちなみに今の話を聞いたところで、殴りたい私の気持ちはより一層強まりました。

素振りして殴る準備をしておきましょう。

「『理には適っている。だが先程も言った通り、前科があるヴァンキッシュの者を信用できないのも確かだ。故に私は言った。言葉だけの謝罪などに意味はない。こちらをその気にさせたければ、それに値するだけの誠意を見せろ、とな』」

「まあ。実に性格の悪──よろしいジュリアス様らしい物言いですわね」

「『ありがとう。誉め言葉として受け取っておこう』」

皮肉ですが？

私の意図も分かった上でそう言っているのもまた腹立たしいです。

どこの国の王子もみな殴りたい方ばかりですわね。

「『正直に言えば、ヴァンキッシュとの協力関係はこちらとしても利する物が多い。すべての国家に四方を囲まれている我が国の危うい立場を思えば、攻められる危険が減るだけでも値千金どころか万金の価値がある。向こうの本気が分かれば、過去の所業は水に流してでも承諾しただろう。だがそれは、あくまで国家間の同盟であるならば、だ。アルフレイム殿は言った。個人的な協力関係を結びたいと』」

「普通に嫌ですわよね」

「『まあ、嫌だが』」

珍しくジュリアス様と見解の一致を得ました。嬉しくはありませんが。

「嫌と言いながら私から視線を反らす。素直ではないな、スカーレットよ。だがそこもまた愛らしいぞ！」

そして私の視界にしつこく入ろうとしてくるアルフレイム様から視線を反らして存在を意識外に抹消します。反らした視線の先では竜騎兵の方々が集まって、私を見ながらコソコソとなにやら内緒話をしていました。

その中の小柄で目の下に深いくまがある、くせっ毛の少年騎兵が、私を指差し口を開きます。

「……ねーねー。あのおねーさん、さっきからアル様の方を虫ケラでも見るかのような目で見てるけど、本当に脈あるわけ？　ぼくには嫌われてるようにしか見えないけど」

少年騎兵の言葉に、声の大きないかにも大雑把そうな短髪の騎兵の方が、まったく抑えきれていない声量の小声で答えます。

「……おいおい、何言ってんだよ！　アルフレイム様はあの女を、自分の運命の花嫁でヴァンキッシュに連れて行き次第結婚することは決まっているって言い振らしてたんだぜ⁉　まさかそれがただの片思いで、ただ強引に迫っては殴られて蹴られて罵倒《ばとう》されてるだけの関係だなんてあるわけないだろ！　そんなのただの筋肉質なストーカーじゃねえか！」

その言葉に傷ありの騎士の方が腕を組みながらうなずきます。

「……ありえる話だ。若はなんでも誇張して話すからな。現実とは無慈悲なり」

しかりしかりと納得し合っている騎兵の方々。

アルフレイム様の馬鹿な行動に対し、正しく疑問を持っているようで安心いたしました。

「お前達、事実を言うのはその辺にしておけ。一応俺達の主だぞ」

「はーい」

「そうだった！　一応主だったな！」

「うむ」

ジン様が諫めると騎兵の方々が緩い返事を返します。

散々な言われような上に適当な扱いですが、本当に人望があるのかしらアルフレイム様。

なんだか少し可哀相な気が——微塵《みじん》もしませんが。

「『心情的な話はさておき、彼としては後継者争いの利のために自分個人の人脈を作りたいがための提案だったのだろう。ゴドウィンの企みを阻止して見せたことで、私達の手腕や利用価値は既に分かっていただろうからな。だが、向こうは分かっていてもこちらはそうではない。誠意を見せろといったのは、要するに協力関係を結ぶに値するだけの力がお前にあるのか見せてみろということだ』」

相手側の立場が弱いと見るやいなや、上から目線で偉そうにマウントを取る。

腹黒王子ジュリアス様の本領発揮といったところですわね。

「『結果、アルフレイム殿は実に献身的にパリスタン王国のために働いてくれた。特にパルミア教関連のごたごたの際には、何も言わずとも色々と裏で動いてくれていたのだ。北の大聖石が壊れて魔物がなだれ込んで来た際にも、国境外で討伐に協力していたし、今日のように山岳方面に逃げたパルミア教の残党を捕らえ、こちら側に引き渡す役目も担ってくれている』」

この方々と鉢合わせたのは偶然ではなかった、ということですか。

ジン様が領土の侵犯について承諾を得ているといったのも本当のようですね。

「『もちろん完全に信用したわけではないが、これだけ結果を出されては彼らの価値を認めざるを得まい。相互の協力関係を結んだのはつい最近のことで、今のところ大した頼み事はされていないが故、一方的にこちらに利がある関係となっている。これをわざわざ断ち切るのは惜しい。すべてを飲み込めとは言わんが、今現在敵対してはならんということには納得してもらえたか？』」

「……国益に適うとあらば、仕方ありませんね」

仕方なく私が敵意を緩ませると、事の成り行きを一番気にしていたであろう、ジン様も安堵の表情になりました。中間管理職というのは大変ですわね。

お兄様もいつも胃薬を飲んでいらっしゃいますし、ジン様にもどこか似た空気を感じます。もしかしたらお二方は気が合うかもしれませんね。胃を痛めやすい方同士。

「『懸命だ。貴女の兄も私の隣で喜びにむせび泣いているぞ』」

「『おお、スカーレット……我慢を覚えるとは、お前も成長したのだな。兄は嬉しいぞ』」

レオお兄様ったら大げさですわ。確かに心情的には納得しかねる話ではありますが、私の殴りたいという一存でブチ壊していいような規模の話ではないのも理解できました。

元々殴っても嬉しくない筆頭の方がいらっしゃいますし、そこまで乗り気でもありませんでしたから。獲物《さんぞく》を奪われて溜った鬱憤《うっぷん》を晴らせないのは少々残念ですが。

「事情は把握致しました。上の山道の方でも二十人ほどの山賊を捕まえているので、お手数ですがそちらの処分もお任せしてよろしいでしょうか」

一番話が分かりそうなジン様に話を振ると、彼は胸に手を当て静かにうなずきました。

「委細《いさい》お任せください」

「『すべて彼らに任せて構わん。せっかく働いてくれるというのだ。我々がそこに賊を引き取りに行くまで、しっかりお守りをしてもらうとしよう』」

そうと分かれば、長居する必要はありませんね。

殴る相手《おにく》もいませんし、いつ到着するのかは分かりませんが腹黒王子と顔を合わせたくもありませんので、さっさとナナカの下に戻るとしましょう。

「それでは皆様、ごきげんよう――」

会釈《えしゃく》をし、踵を返そうとしたその時でした。

「――アルフレイム殿下～！　ジン副隊長～！」

叫び声と共に、飛竜に乗った竜騎兵の方が上空から飛来してきました。

「賊の拠点が見つかりやした！　イカツイ奴らがわんさか詰めていましたよ！　どうしやす？　カチコミますかい⁉」

「カチコミ……？」

聞きなれない単語を耳にしましたが、一体どういった意味なのでしょう。

私の疑問に答えるように、アルフレイム様が腕を組み仁王立ちで言いました。

「我らが領土の近くに巣食う下賤《げせん》な虫ケラ共を、巣ごと消し炭にするということだ！」

「山賊の拠点を襲撃して全員捕縛するという作戦です」

ジン様の補足により、ようやく意味が理解できました。

つまり山賊のみなさんのお家にお邪魔して、全員ぶっ飛ばすということですね。

道理で初めて聞いた言葉なのに心が躍るはずです。

「このままハイキングに戻るつもりでしたが、そのようなお話を聞いてしまってはこの国に暮らす一貴族の娘として見て見ぬふりはできませんね。その作戦、私も同行いたします」

「は……？」

私の言葉に眉根を寄せるジン様。竜騎兵の皆様は真顔で顔を見合わせております。

私、なにかおかしなことを言ったかしら？

首を傾げていると、ジン様は「いけません」と前置いてから言いました。

「これは我々がパリスタン側の依頼を受けて行っていること。パリスタンの貴族である貴女の手を借りては意味が――」

「良かろう！　我らと共に下賤《げせん》なる賊共を蹴散らそうぞ、スカーレットよ！」

ジン様の言葉をさえぎってアルフレイム様が叫ぶと、騎士の方々が「おおー！」と歓声をあげて私に駆け寄ってきます。

「おねーさんって、アルさまの顔面に膝蹴りして空の果てまでブン投げたんだよね？　見たい見たーい。山賊にもそれやってよー」

「昨日の敵は今日の友！　共闘だ、共闘だ！　うおー！　燃えるぜー！」

「〝救国の鉄拳姫〟の名は聞き及んでいる。強者と共に戦えることを嬉しく思うぞ」

概ね好意的に受け入れられているようで安心しました。

まあ、断られても強引についていくつもりでしたけれど。

彼らがちゃんと山賊退治に勤しんでいるか監視しなければなりませんし。

決してまだ山賊を殴り足りなかったからではありませんよ、ええ。

「そうと決まれば善は急げである！　早速私とスカーレットの初の共同作業ならぬ、山賊の拠点カチコミ作戦を始めようではないか！　ジンよ、説明はお前に任せたぞ！」

言い終わるやいなや、ズンズンと先を歩いて行くアルフレイム様。

丸投げされたジン様は、感情を失った顔でつぶやきます。

「……脳筋《バカ》しかいないのか、俺の国の連中は」

心中お察しいたしますわ。

それにしてもあれだけの数を捕まえたのに、まだたくさんいらっしゃるなんて。

山賊の皆様はその拠点で養殖でもされているのかしら。

殴り放題なのはいいけれど、増えすぎて環境を破壊してしまうのは問題ですわね。

速急に排除して、誰もがハイキングが楽しめる正常なお山に戻すとしましょう。

「『おい！　先程ヴァンキッシュの者の会話に紛れて、私も同行しますと聞こえたぞ!?　まさかまた争いごとに首を突っ込もうとしているのではないだろうな!?　スカーレット！　聞いているのか？　スカーレットォオオ――――！』」

第三章　灰は灰に。塵は塵に。クズはクズに。

六時間程が経ち、夕日も落ちて夜の闇が訪れた頃。

私達はヴァンキッシュの方々が建てたテントの前に集まっておりました。

鎧をまとった二十名程の竜騎兵の方々の前で、同じく鎧姿のジン様が静かに口を開きます。

「……それでは全員、手はず通りに――」

そこへ横から割って入ってきたアルフレイム様が拳を振り上げて叫びました。

「さあ皆の者、槍を取れ！　存分に蛮勇を振るうが良い！　手当たり次第好き勝手に暴れてやろうぞ！」

「うおおー！　我らが業火の貴公子《インフェルノプリンス》、アルフレイム様万歳！」

「カチコミじゃ、カチコミじゃー！」

「めちゃくちゃに暴れまわってやるぜー！」

歓声をあげる竜騎兵の方々に気を良くしたのか、アルフレイム様は槍を振り回しながら豪快に笑います。

「わっはっは！　良いぞ良いぞ――ゴフゥッ!?」

両腕をあげて隙だらけになったアルフレイム様の脇腹を、ジン様が無造作に槍の石突で突きました。悶絶してうずくまるアルフレイム様を見て、騒いでいた竜騎兵の方々が静まり返ります。

ジン様は無表情のままみなさんを見渡すと、アルフレイム様を指差して言いました。

「こうなりたくなかったら全員作戦通りにやれ。いいな？」

「はい……」

粛々と各々が飛竜に乗って飛んでいきます。脳筋集団をまとめるにはそれ以上の腕力で、ということですね。理に適っておりますわ。

「では私も山賊《さんぞく》を詰みに行ってまいります。また後程」

会釈《えしゃく》をすると、ジン様は「ご武運を」と一言だけ告げて、ご自分の飛竜に乗って飛び立っていかれました。そのまま夜空に飛んでいくジン様と竜騎兵の姿を見送っていると、隣にいたナナカが歯がゆそうな表情で口を開きます。

「……本当に良かったのか、これで」

「そうですわね。本来なら私一人で獲物を独り占め、もとい山賊全員をブン殴りたかったのですが」

斥候の方々が調べた情報によれば、山賊の拠点はこの山を中心とした山岳地帯に四か所もあり、そのすべてがそれぞれ離れた位置に点在しているとのこと。

一か所を潰せば山賊は警戒し、残りの拠点を放棄して逃亡を計る可能性もありえます。

「一人残らず捕縛するためにはすべての拠点を複数人で同時に襲撃し、一網打尽にする必要がある……獲物を目の前にして、みすみす逃さなければならないなんて、なんとも歯がゆいですわね。ナナカの気持ち、分かりますわ」

「そうだな……本当なら全員一人でブン殴って……って、いや僕が言っているのはそこじゃないぞ⁉　あいつらを本当に信用しても良かったのかってことだ！」

ナナカは私の前に回り込むと、強い口調で言いました。

「協力関係にあるって言っても、結局自分達の利益のためだろ？　困ったパリスタンに恩を売るために、山賊だってあいつら自身が雇った自作自演の可能性だってあるじゃないか！」

それは私も考えなかったわけではありません。

いずれあちら側から求められるであろう大きな要求を断れないように恩を重ねるため、自らその種火となるような出来事を起こしているのではないかと。

「そもそも、こんな数の賊が組織だって拠点まで作っているなんてどう考えてもおかしいだろ。いくら貴族崩れっていっても、ほとんどが財産を没収されて追放されたっていうのに、あいつらは装備も食糧も物資も、すべてが揃い過ぎてる。どこかの国か組織が支援してるに決まってる」

「ナナカは、それがヴァンキッシュだと思っているのですね」

「ハッキリと断言はできない。でもその可能性だってある！　だから――」

「……ナナカ」

微笑みかけ、ナナカの手を握ります。

「心配してくれてありがとうございます。大丈夫、私も最初からあの方々は信用しておりません。最悪、彼らと山賊が手を組んでいた場合、捕まえたフリをして逃がすという事態もあり得るのではないかと思っております」

「だったら、僕だけでもあいつらの監視に……」

「それは……今からでは少し難しいでしょうね」

背後に視線をやるとヴァンキッシュの竜騎兵の方々が四人、徒歩で私達についてきていました。

ジン様には賊を逃がさないための後詰めだと言われましたが、実際のところは私達の監視でしょう。ナナカもそれを察したのか、竜騎兵の方々に聞かれないような小声で言いました。

「……僕なら移動中のどさくさに紛れて抜け出せる。夜の闇の中なら撒くのもわけないことだ。行かせてくれ、スカーレット——むぐ」

しーっ、と。唇に指を当ててナナカの口を塞ぎます。

何をするんだと言いたげなナナカに、私も小声で返しました。

「……ヴァンキッシュの方々は信用しておりませんが、ジュリアス様の優秀さと狡猾さに関してだけは、不本意ながらも私は認めております」

「……それがなんだっていうんだ？」

「そのジュリアス様が彼らに任せていて、邪魔をしないようにと私に釘を差してきたということは、それに従った方が良い方向に物事が運ぶ、ということです」

「む……」

ナナカが口ごもります。

ナナカにしても、よくお使いをやらされて間近で見ているジュリアス様の腹黒っぷりと優秀さに関しては、私以上に理解しているでしょうし、これには反論もないでしょう。

「猜疑心《さいぎしん》の塊のようなジュリアス様のことですから、ヴァンキッシュの方々が信用に値するかどうかを、あえて自由に泳がせることで、試しているのかもしれません。その場合、貴方を監視に行かせたら逆効果になるでしょう？」

「確かにそれはそうだ……あの腹黒ジュリアスならそういうこともやりかねない」

「すべてジュリアス様の手のひらというのは癪ですが、ここは余計なことをせずに、私達のやるべきことをまっとうしましょう。早く片付ければ別の場所での襲撃に間に合うかもしれませんし、もし竜騎兵の方々がその時に道理に反するような行いをしていたなら、ブン殴れば良いだけの話です」

ナナカは少し悩む素振りを見せた後、こくりとうなずきました。

「……分かった。だけど、くれぐれも気を付けろ。後ろの監視のヤツらがもしかしたら闇討ちしてくる可能性だって――」

「――我が花嫁の従僕《じゅうぼく》にしては少々臆病がすぎるのではないか、犬よ！」

いつの間にか後ろにいたアルフレイム様が、私とナナカの間に強引に割って入ってきました。

ムッとした顔でナナカがアルフレイム様を睨みます。

大切な従者《じゅうしゃ》を犬扱いとは相変わらず無礼が服を着て歩いているようなお方ですわね。

ナナカをわんこ扱いして良いのはこの私だけと決まっていますのに。

「まだいたのですか」

「はっはっは！　つれないことを言うでない！　わざわざこの私が戦場に出向く貴女を激励に来たのだというのに！」

余計なお世話です。

さっさとご自分の持ち場に飛んで行ってくださいな。

そしてそのまま空の彼方に消えてくださって結構です。

「確かアルフレイム様は一番山賊が多い場所を一人で任されていたはずでは？　このようなところで油を売っていて良いのでしょうか」

「山賊ごとき虫ケラが百匹群れようが二百匹群れようが、この私という業火の前ではただの塵芥《ちりあくた》に過ぎぬよ――ああ、そうだ。良いことを考えたぞ」

アルフレイム様が東の空を指差して言いました。

「戦いの最中、私が恋しくなったらあの空を見るが良い。貴女に最高の贈り物を届けよう」

「いりません」

「照れるな照れるな！　それではまた後でな！　業火の花嫁よ！」

バチンと破裂音がしそうなウインクをすると、アルフレイム様は颯爽と走り去っていきました。

その暑苦しい後ろ姿を見送りながら、呆然とした顔でナナカがつぶやきます。

「……なんだったんだあれ」

「理解できないものを気にしても仕方ありません。とりあえずあのおバカな方のことは忘れて、先を急ぎましょう」

木々の隙間から零れ落ちてくる月明りが辺りを照らす中。

舗装《ほそう》された道から離れて、草木が生い茂る山道を行きます。

私とナナカの前と後にはそれぞれ竜騎兵の方々が二人ずつ、つかず離れずの距離で同行していました。

「……いざという時のために、どちらから先に殴《ヤ》るか考えておく必要がありますわね」

ボソリとつぶやくと、竜騎兵の方々がビクッと肩を震わせて恐る恐るといった様子でこちらを見ます。

「もちろん、山賊狩りの話ですわ？」

微笑みながらそう言うと、彼らは安堵した顔で前に向き直ります。

それを見ていたナナカが私にジト目を向けてきました。

「おい……」

ふふ、ごめんなさい。

普通に考えてここで彼らが私達を襲うメリットは何もありませんし、今襲撃を期待するのは無意味なことでしたわね。どうせ拠点についたら、手当たり次第好きなだけ山賊の方々をブン殴れるのですから、お手付きをするのは控えるとしましょう。

「ご心配なく。はしたない真似はしませんわ。淑女《しゅくじょ》ですので。シュッ！　シュッ！」

「淑女《しゅくじょ》は山賊の拠点に乗り込むのにワクワクして拳を素振りなんてしないからな……」


それから二十分程歩いた頃でしょうか。

視線の先の開けた場所に、ぼんやりと松明《たいまつ》の明かりが見えてきました。

松明《たいまつ》が立ち並ぶ先には四メートル程の木の柵で外周を囲まれた、木造ながらも立派な作りをした二階建ての砦が立っています。

「……ちょっとした要塞《ようさい》ですわね」

こんな物が周囲に四つもあるとのことでしたが……これを短期間に複数も建造するなんてことを、山賊に身をやつした彼らだけで果たして可能なのでしょうか。これはやはりナナカが言っていた通り、裏に援助をしている何者かがいることは間違いなさそうです。

「……こっちだ」

ナナカに先導されて、竜騎兵の方々と共に近くの茂みに身を隠します。

全員が揃っていることを確認すると、ナナカは小声で竜騎兵の方々に尋ねました。

「……同時に襲撃するって言ってたけど、他の部隊との間で何か開始の合図とかは決まってるのか？」

四人共揃って金髪で浅黒い肌をした彼らは、ナナカの問いに同じく小声で答えます。

「……全員が配置についたら通信機に合図が来ることになってんだよ」

「……俺らは拠点まで近かったから徒歩だったけど、殿下とかジン副隊長は飛竜で飛んでったからもーちょい時間かかんじゃね？」

「……とりま、出番が来るまではここでのんびり待ってりゃいいっしょ」

「……そゆこと。いや〜、山道を鎧で歩くのマジだりぃわ。はよ終わらして打ち上げ行きて〜」

見た目も口調もそうですが、随分と軽薄な雰囲気の方々ですわね。

そんな彼らの様子を見てナナカは呆れた顔をすると、音もなく立ち上がります。

「……中を偵察してくる。すぐ戻ってくるが、その間に合図があったら僕を気にせず、突入してくれ」

「は？」

ナナカの言葉に竜騎兵の方々がポカンとした表情になります。

そして一転して慌てたように騒ぎ始めました。

「いやいやいや、やめとけってマジ！」

「もし見つかったら作戦が台無しになって俺らが怒られるやん⁉」

「怒ったジン副隊長、マジ鬼こえーんだから！」

「ソーソー！　他国のアンタらは良いかもしれねーけど、監視役の俺達は半殺しじゃすまねー系だから！　マジ勘弁！」

「あっ！　おま、バカ野郎！　なに監視役だってバラしてんだ、ミッチ⁉」

……どうやら思っていた通りのおバカさん達のようです。その方が何か企んでいるのではないかと裏を勘繰る必要もないので、扱いやすいといえばそうですが。

「僕は諜報員としての訓練を受けた獣人だ。見つかるようなヘマはしない。もしそうなったとしても幻惑の魔法や獣化でいくらでも逃げられる。だから――」

「だとしても万が一ってこともあるっしょ⁉　向こうには、おかしな魔道具を使う異端審問官ってのがいるっちゅー話だしよ！」

「それな！　どうせあとちょっと待てば合図来るんだから、危ない橋渡る必要なんてどこにもねーって！」

「これは、オマエのこと心配して言ってんだぜ？　悪いこと言わねーから大人しくしとけって！　頼むわマジで！」

「土下座すっから！　ほら、このとーり！　な⁉」

「こ、こいつら……我が身可愛さのために必死すぎる……」

あまりに必死な彼らの様子にナナカは完全にドン引きした表情をしています。

まあ、彼らの言っていることは一理ありますし、慎重を期すのは主の命令にも忠実とは言えますが。しかし、このまま問答をしていても埒があきません。

「ここはひとつ、間を取って私が一人で突入するということで――」

と、私が言いかけたその時。

東の方からドカーン！　と。

何かが爆発するかのような凄まじい轟音が響き渡ってきました。

「な、なんだぁ今のヤベー音!?」

「おい見ろ！　あっち！　あっちの空！」

竜騎兵の方の一人が、爆発音のした東の空を指を差します。見上げるとそこには闇夜のキャンバスに、炎で彩られた緋色の大輪の薔薇《ばら》が咲いていました。

誰がそれをやったのかは、考えるまでもないでしょう。

「……迷惑な贈り物をしてくれたものですね。貴方達の国のクソ皇子様《アルフレイム》は」

前回対峙した時は鋼体の加護しか使っていなかったので失念しておりました。

彼の本来の二つ名は〝業火の貴公子《インフェルノプリンス》〟。

炎を自在に操り、その強大な魔力は一軍にも匹敵するとか。

普段の浮ついた言動で、つい軽く見てしまいがちですが、やはり警戒に値する人物のようです。

「いや、通信機で合図して一斉に拠点を攻めるって話はどうなったんだよ……」

呆然とした顔でナナカがつぶやきました。

そうですわね。あれでは山賊全員に警戒しろと言っているようなものですし。

土下座してまで慎重に作戦を遂行することにこだわっていた、ここにいる竜騎兵の方々はさぞショックを――

「すっげー！　さすがはアルフレイム殿下！」

「夜空に炎で作った大輪の薔薇《ばら》とか映えすぎっしょ！」

「くぅ～！　俺も彼女に今日の夜景を君にプレゼントするよとか言ってみて～！」

――受けているわけもなく。

そうですよね。彼らはそもそもあれをやったアルフレイム様の部下ですし。

正常な反応を期待した私が愚かでした。

「これでは作戦も何もありません。困ったものですわね」

立ち上がり、手袋を身に着ける私をナナカがジト目で睨んできます。

「その割には嬉しくて仕方ないって顔してるぞ」

諦めの顔をしている辺り、もう私が何をしようとしているかは理解しているようですね。

「それでは皆様、お先に失礼いたします」

東のお空に夢中になっている竜騎兵の方々に会釈《えしゃく》をしてから拠点の方に向き直ります。

膝を曲げて前傾姿勢になり足に力をため込んで、身体強化の加護を発動――

「……へぁ？」

私に気が付いた竜騎士の方の一人が気の抜けた声をあげた瞬間。

足に溜め込んだ力を一気に開放します。

爆発的な加速により一歩ごとに地面を抉りながら、拠点の柵に向かって直進。

夜の暗さで遠くからは良く分かりませんでしたが、柵の内側には六メートル程の高さを持つ木造の見張り小屋が設置されていました。

そこには皮の鎧を着て、手に槍を持った軽装の殿方が一人、見張りに立っています。

彼はアルフレイム様が空に浮かべた炎の華に驚いていて、視界外の山道からものの数秒で眼下の柵下まで接近した私には気づいていないようでした。

「これから私とダンスを踊るというのに、他の華に目移りするなんて――マナー違反ですわよ？」

垂直に立つ柵を蹴って駆け上がり、見張り小屋に飛び移ります。

飛び上がって空中にいる私と、見張りの殿方の視線が同じ高さで交錯しました。

「――ごきげんよう。良い夜ですわね」

目を見開いて驚愕する殿方に、微笑みながら挨拶を一つ。

彼は声を上げようと口を開き――

「ツ――！」

言葉が音になる前に、顔面に私の膝を叩きこまれて沈黙します。

ゴキッ！　と顔がひしゃげる鈍い音と共に、第一犠牲者の哀れな見張りさんは小屋から空へと吹っ飛んで行きました。

「そう。私のストレスを思う存分に解消できる、良い夜ですわ」

着地して小屋の中を見渡すと、呆然とした様子で私を見ているもう一人の殿方がいました。

あまりに一瞬の出来事に硬直して、すぐそばにある敵襲を知らせる鐘を鳴らすのすら忘れているようですわね。

まあ、今更知られたところで——

「逃げられませんし、逃がしませんが」

「てっ——！」

見張りの殿方はきっと「敵襲」と、叫びたかったのでしょう。

せめてあと三秒早く、もう一人の見張りの方が膝蹴りされた時点ですぐに声をあげようとしていれば、あるいは間に合ったかもしれません。

ですが舞踏会の場において、お相手の淑女《しゅくじょ》を三秒も手ぶらで待たせる殿方など論外——蹴り飛ばされて宙を舞ったとしても仕方ありませんわよね？

「シッ——！」

鋭い呼気と共にその場でくるりと回転しながら回し蹴りを放ちます。

私の足は闇夜に弧を描きながら見張りの方の顔面に炸裂しました。

「敵シュウウウウウ!?」

バゴォ！　という打撃音と共に、足の甲に肉がめり込む感触。

一瞬遅れて、見張りの方が勢いよく吹っ飛び絶叫が木霊します。

「騒がれないように黙らせようと思ったのですが。うまく行かないものですわね」

飛んで行った見張りの方は、十数メートル程離れた位置にある砦の二階の壁を破壊しながら、中に突っ込んでいきました。

すぐに巻き込まれたであろう山賊の方々の困惑と怒号の叫び声が聞こえてきます。

少し遅れて、空いた壁の穴から松明《たいまつ》を持った何者かが顔を出しました。

「どこのどいつだい！　こんな時間に、アタシと子豚ちゃんの愛の巣にカチコミかけて来た近所迷惑なバカは！」

腰まで伸びた長い紫髪の下で、怒りにゆがむ吊り上がった目。

胸元の開いた煽情的《せんじょうてき》な服に、膝上丈の際どいスカート。

女性というのは一目で分かりますが、荒い言葉遣いや服装からおそらく貴族の血に連なる方ではないのでしょう。その方は腰に付けていた鞭《むち》を振り上げて叫びました。

「砕け散りな！」

無造作に横薙ぎにされた鞭《むち》が明後日の方向に放たれます。

暗闇で私の場所も分かっていないのに、一体どこに向かって攻撃を――

「――あら」

あらぬ場所に向かって放たれた鞭《むち》の軌道が突然曲がり、一直線に私に向かってきました。

魔力を帯びた攻撃のようですし、おそらくなにかしらの魔道具なのでしょう。

「普通の鞭《むち》ではない以上、当たればただでは済まなそうですわね」

鞭《むち》の軌道をくぐるように、見張り小屋から地面へと飛び降ります。

鞭《むち》は私が立っていた場所を蹂躙《じゅうりん》するかのように跳ねまわり、見張り小屋を木っ端微塵《みじん》に打ち砕きました。

「標的を感知して自動で攻撃する魔道具ですか」

しかも威力はあの通り。木造とはいえ小屋を一瞬でバラバラにする程です。

予想通り、人間に当たれば怪我程度ではすまないでしょう。

「恐ろしいですわね。躾《しつけ》に使う鞭《むち》にしては少々度が過ぎています。そうは思いませんか、ナナカ」

「少々どころか、あんなの当たったら普通の人間は余裕で致命傷だ」

私の影に溶け込むように背後に立っていたナナカが呆れた声で言いました。

竜騎兵の方々はまだ私達に追いついていないようですわね。

「ナナカは竜騎兵の方々と共に、逃げ出す賊達を縛り上げておいてください」

「分かった、けど……大丈夫か？」

砦の中に明かりが灯り、にわかに騒がしくなってきました。

つい先ほど攻撃してきた鞭《むち》の方が見当たりませんし、中に戻ってお仲間を叩き起こしたのでしょう。

「先程の鞭《むち》の方のことを言っているのであれば、何も問題はありません。特性が分かっていればあんな物はただの玩具です。それに――」

ポキポキと指の間接を鳴らしながらナナカに微笑みかけます。

「先程はつい足が出てしまいましたが、次こそはこの拳で山賊の方々のお肉の感触を存分に味わう予定です。よって獲物は一人も分けてあげるつもりはありません。ご容赦を」

「やっぱり心配だ……スカーレットじゃなく、相手の身体が。くれぐれもやりすぎて再起不能にするなよ」

そう言って、ナナカは姿を消しました。

私の心配ではなく、相手の方の心配を真っ先にするなんて。

ようやくナナカも私の従者《じゅうしゃ》としての心構えが身についてきたようですわね。

寂しいような嬉しいような、複雑な気分です。

「これが独り立ちした子を見送る親の気持ち、なのですね……」

しみじみとつぶやきながら感慨に耽《ふけ》っていると、バーン！　と。

砦一階の入り口のドアが勢い良く開きます。

そこから出てきたのは――

「ブヒブヒィ！」

上半身裸で豚の鼻を模したマスクを付けた肥満体型の殿方の群れでした。

彼らは私の眼前で四つん這いの姿勢を取り横並びすると、大きく口を開けて叫びます。

「ブヒヒブッヒブヒブヒ！《よくもやってくれたな》」

異様な光景に私は一瞬固まった後、首を傾げます。

「……豚さん？」

私の問いに、豚さんの一人が嬉しそうに「ブヒ！《はい》」と答えるように叫び――

「――他の女になつこうとしてんじゃあないよ！」

ドアから最後に現れた先程の鞭《むち》の女性によって、背中を強かに鞭《むち》で叩かれて「ぎゃあ!?」と悲鳴を上げました。

本来なら肉が削げてもおかしくない威力のはずですが……おそらく相当に加減されたのでしょう。

叩かれた豚さんは服も裂けずにのたうち回る程度で済んでいました。

慈悲をかけた、と言えるのでしょうが、それにしても――

「ご自分のお仲間が少し粗相をしたくらいで背中を鞭《むち》打つなんて。躾《しつけ》にしては度が過ぎるのではありませんか？」

「フン。ご主人様以外の女になびこうとする悪い子豚ちゃんには相応の躾《しつけ》が必要なのよ。それにねえ、ほら見てごらんよ」

鞭《むち》の方が顎でクイと、自らが叩いた豚さんを指し示します。先程までのたうち回っていた豚さんは仰向けになったまま、今にも天に昇りそうな喜びの表情で絶叫しました。

「ありがとうございます！　ありがとうございます！」

鞭《むち》で叩かれてこれほど嬉しそうにするなんて。

この豚さんは痛みを喜びに感じる、いわゆるマゾという性癖の方なのでしょうか……？

「アタシの魔道具〝痛みこそ愛〟に叩かれた人間は、自分を叩いた人間のことを愛していればいるほどに与えられた痛みが喜びに変わるのよ。分かる？　この子豚ちゃん達はね、こんな仕打ちを受けてもアタシのことが、愛しくて愛しくてたまらないってわけ」

鞭《むち》の方はにへらぁっと顔を緩ませると、まるでペットでも愛でるかのように豚さんの顔を抱き締めて、撫でまわし始めました。

「ああ！　なんてかわいいのかしら！　よーしよしよし！　世界一かわいいよ、アタシの子豚ちゃん！」

「ブヒ！　ブヒヒ！」

聞いたことがあります。あのような一見、使用者にとってデメリットにも取れる意味不明な効果を持っている魔道具には、一方で相反する属性を併せ持っていることがあると。

つまりあの方を愛していない、むしろマイナスの感情を抱いている私のような者が鞭《むち》で叩かれれば、痛みは喜びではなく、逆のさらなる苦痛へと変換されるやもしれません。

次に攻撃された時は鞭《むち》を手掴みしてブン回してあげようと思っていたのですが、危険性がある以上、それはやめておきましょう。

そんな風に鞭《むち》への対策を講じていると、彼女はため息をついて言いました。

「それに比べてさあ。アンタでしょ、銀髪の悪魔スカーレットって」

「そのような不名誉な二つ名を認めたことはありませんが、スカーレットは私の名前ですわね」

「教団内の手配書で見たけど、なんなのさ、アンタと一緒にいるパリスタンの男共。どいつもこいつもブサイクばっかりじゃない」

「はい？」

ブサイクなお方……？

そもそもにして他人の容姿をバカにするなど失礼極まりない言い様ですが、ブサイクとは一体どなたのことを言っているのかしら。

どちらかといえば私の周りには顔立ちの整った方が集まっていたような気がしますが。

「ジュリアスとかレオナルドとか、あとなんだったかしら。そうそう、アンタの従者《じゅうしゃ》のナナカとかいうガキもよ。揃いも揃ってブサイクばっかり。男の趣味悪すぎでしょ」

「……なるほど」

理解しました。

この方の美的感覚は他の方とかけ離れているようですわね。

そうでなければ、あんなにも麗しいレオお兄様や可愛らしいナナカをブサイクなどと罵る意味が分かりません。ジュリアス様も性格はともかくとして、容姿に関しては……憎たらしいですが、天使のようにお美しい方ですし。

「その特殊な思想に特殊な効果を持つ魔道具。それに教団と言いましたが、あなたはパルミア教の方ですわね？」

「敵にわざわざ教えてあげる義理はないんだけど。まあいいわ。今から無様に死んでいくアンタの手向けに名乗ってあげる」

彼女は片手で鞭《むち》を振り上げ、私を威圧するかのようにピシャリと地面を叩きます。

そして腰に手をあてると、口端をゆがめて不遜な表情で名乗りをあげました。

「アタシはパルミア教異端審問官、《愛罰《あいばつ》》のイザベラ！　パルミア教を潰されて、飼っていたたくさんの子豚ちゃん達を奪われた恨み！　その命でもって晴らさせてもらうよ！　銀髪の悪魔スカーレット！」

イザベラさんの言葉を合図に、砦から剣や槍を持って武装した子豚さんが二十人程出てきます。

総勢約三十人――これがこの拠点のほぼ総戦力と見ていいでしょう。

人数的には少々物足りないですが、肉の質としては上々といったところかしら。

今宵のディナーはこれで我慢するとしましょうか。

「アタシの子豚ちゃんに色目使ってんじゃないよ！」

イザベラさんが振り上げた鞭《むち》を私に叩きつけてきます。

横にステップを踏んで避けると、地面に叩きつけられた鞭《むち》の先端が跳ね上がり、私を追いかけてきました。

それをさらに後ろに飛びのいて避けると、やはり鞭《むち》は方向を変えて私についてきます。

「逃がさないよこのビッチが！　血反吐《ちへど》ブチ撒けな！」

イザベラさんの意志に呼応するかのように私に向かってくる鞭《むち》を、大きく後方に飛び退ってかわし、外周の柵の前に着地します。

すると鞭《むち》の先端は私の眼前で動きを止め、イザベラさんの手元に戻っていきました。

どうやら射程距離は、先程見張り小屋を破壊した辺りまでが限界のようですわね。

「おそろしく強いって聞いてたけど、なんだい、噂ってのはあてにならないねえ？　ブンブンブンブン逃げ回ってさあ！　まるでハエだね！　アッハハッ！」

「ブーヒッヒッヒ！」

声を張るイザベラさんに続いて、周りの豚さん達が一斉に笑い声をあげます。

挑発のつもりなのでしょう。

正直なところ、鞭《むち》の射程も把握し、攻撃をかわすのも容易なこの状況であれば、このまま遠距離から魔法を連発するだけで彼女達を倒すことは可能でしょう。

ですが――

「せっかく殴り甲斐がありそうな脂の乗った美味しそうな豚さん達を、こんなにもたくさん食卓に並べてくださったというのに。拳を叩き込まないというのは、彼らに対して失礼というものですからね」

柵から離れてゆっくりイザベラさんに歩いていきます。

一見自暴自棄にもとれる私の行動に、イザベラさんは訝しげな表情をしました。

そんな彼女に私は微笑を浮かべて宣言します。

「今からまっすぐ歩いて行って貴女をぶっ飛ばします。お覚悟はよろしくて？」

「は……？」

困惑の表情を浮かべるイザベラさんでしたが、侮られたと思ったのでしょう。

すぐに怒りに顔をゆがめると、鞭《むち》を振りかぶって叫びました。

「当たっても多少なら耐えられるとでも思ってるのかい？　舐めるんじゃないよ！　この〝痛みこそ愛〟はねえ！　アタシを愛する相手に喜びを与える一方で、敵対的な感情を抱いているヤツが食らえば苦痛が増大するのさ！　死んだ方がマシって思えるぐらいにねえ！」

振り下ろされた鞭《むち》は、風を切って先程よりもさらに速度を上げて向かってきます。

一瞬で目の前まで到達した鞭《むち》は、中心から裂けると、私の視界を覆うように八方に広がりました。

前後左右に逃げ場はなく、後方に避けたとしてもこの速度の攻撃を加護なしで避けることは困難。

これがイザベラさんの本気というわけですか。

「痛みにのたうち回って死にな！　スカーレット！」

勝利を確信したイザベラさんが口端を歪めて笑います。

お食事の最中に、向かい合った相手に歯を見せるのはマナー違反ですわ。

淑女《しゅくじょ》としてしっかり教育してさしあげなければいけませんね。

「――クロノワの加護〝身体強化〟」

脇に構えた拳を天に向かって突き上げます。拳圧によって下方から巻きあがった突風が、まっすぐ向かってきていた鞭《むち》の軌道を強引に上方へと浮き上がらせました。

「はあっ⁉」

「ブヒィ⁉」

目を見開いて驚きの声をあげるイザベラさんと豚さん達。

イザベラさんの手元から、風に巻き上げられるように鞭《むち》が空へと飛んでいきます。

渾身の力を込めて振るったため、手元で抑え込む力が足りなかったのでしょう。

鍛錬が足りない証拠ですわね。

「これで頼みの魔道具はなくなりました。さあ、どうしますか？」

一歩、また一歩と。

イザベラさんに歩みを進めながら、指の間接をポキポキと鳴らします。

「くっ……馬鹿力のゴリラ女が……！」

焦った顔で悪態をつくイザベラさん。

周囲の豚さん達は怯えた顔で私を見ています。

「ああ、怖がらなくていいのですよ、豚さん達。イザベラさんをぶっ飛ばした後は、貴方達をじっくりゆっくり……おいしくこの拳で頂いてあげますからね」

「ひぃっ!?　お、お助けをー！」

豚の演技も忘れて許しを乞う豚のみなさんに微笑みかけます。

ダメですわ？　歌劇の演目は最期までやり通さなければ。

悪役の貴方達の末路は、私がスカッとするまでブン殴られることと決まって――

「――好き勝手言ってんじゃないよ、ブスがァ！」

不意をつくように、懐からナイフを取り出したイザベラさんが、私に向かって切りかかって来ます。

「子豚ちゃん達はアタシが守る！　死ね！　クソ女――ぐぼおおお!?」

お腹に拳を叩き込むと、イザベラさんの身体がくの字に曲がりました。

苦痛で吐き出されるその声を黙らせるように、イザベラさんのお口に人差し指をシーっと押し当てます。聞くに堪えませんし、そろそろ無駄なおしゃべりはおしまいにしてもらいましょう。

「クソなのはあなたのお口ですわ。その品のなさ、豚さんの方がよっぽどお上品です。さようなら、クソ女さん」

イザベラさんの横っ面に真横から振りぬくように肘を叩き込みます。

「――ッ!?」

こめかみに私の肘が直撃したイザベラさんは、一撃で失神したのか白目を剥きながら吹っ飛んでいき、柵に頭から突っ込んで動かなくなりました。

「邪魔者はいなくなりましたね。それではメインディッシュと参りましょうか」

豚さん達に向き直ると、彼らは一斉に地面に頭を擦り付け土下座をします。

「頼む！　見逃してくれ！　私達は悪い豚じゃないんだ！」

「俺達はただ、あの女に脅されて仕方なく手下になっていただけの一般人なんだよ！」

自分達が危ないとみるやこの手のひらの返しよう。愛されているとは一体……身を挺《てい》して最後まで彼らを守ろうとしていたイザベラさんが報われませんわね。

私に殴られて柵に突っ込んだことに関しては自業自得なので、そこに関してはまったく罪悪感はありませんが。

「なるほど。では貴方達はイザベラさんに命令されて仕方なく、商隊や近隣の村から略奪を行っていたと、そうおっしゃるのですね？」

「いや？　それは別に自主的にやっていたが」

「略奪はするだろう。そうしなければ我々が生きてはいけないからな」

「うむ。それは悪いことではない。そもそも下賤《げせん》な平民達が元々高貴な身分である我らに金銭や食料を納めるのは当たり前のことだからな」

……失念しておりました。

彼らは元々、どうしようもないクズで。

その罪が原因で王都を追われた罪人だったということを。

「今我らを見逃すというのなら、パルミア教に入信させてやっても良いぞ！」

「そうだ、麓《ふもと》の村から奪った金もくれてやろう！　悪い取引ではなかろう？」

黙り込む私を見て、取引に揺らいでいるとでも勘違いしたのでしょう。

先程まで怯えていたのが嘘のように彼らは調子に乗り始めました。

私が思い切り拳を握りしめているとも知らずに。

「なにを黙っている？　早く返事をしないか！　おい貴様——ぐぎゃあ⁉」

横から近づいてきたクズの顔面を裏拳で殴り飛ばします。

鼻血を噴き出しながら地面を転げまわるクズを足蹴にしつつ、私はみなさんに向かって優雅に会《え》釈《しゃく》をしました。

「ありがとうございます」

突然の暴力に固まっていた彼らが、呆然とした表情で私を見ます。

私は拳を振って手袋についた血を払うと、喜びに緩む顔を隠しもせずに言いました。

「しっかりクズでいてくれて。これで心置きなく、貴方達が動けなくなるまでこの拳を叩き込むことができます」

一瞬遅れて自分達の置かれた立場を理解したのか、彼らは顔面蒼白になると――

「に、逃げ――！」

豚マスクを投げ捨て、私に背中を向けて一目散に逃げ出そうとしました。

ああ、なんて。なんてノロマなのでしょう。

醜く肥え太ったあのだらしない身体では私はおろか、犬や猫にだってあっさりと捕まってしまうでしょうに。

そんな豚さん達をこれから思う存分に蹂躙《じゅうりん》できるかと思うと、私――

「我慢できません。今宵、このひと時に限り。私――獣にならせていただきます」

「にっ、逃げろおっ！　ミンチにされるぞ！」

「う、うわあああ⁉」

豚さん達が我先にと前にいる者、横にいる者を押しのけて柵に向かって走っていきます。

「あらあら。そんなに慌てて走っては――」

足に力を込めて地面を蹴ります。

一足で豚さんの背中に追いついた私は――

「――転んでしまいますわよ？」

その肉厚な背中に向かって、走ってきた勢いそのままに拳を叩き込みました。

「逃げろ！　逃げロオオオス⁉」

殴られた豚さんがおいしそうな悲鳴をあげます。

豊満な背中の肉に拳が沈み込む感触……なんと心地良いのでしょう。

殴るなら肥え太った悪漢に限る――私の持論はやはり間違っていませんでした。

しかし悲しいですわね、その喜びは拳が炸裂した一瞬だけのもの。

殴られた豚さんは打撃の衝撃に吹っ飛ばされ、縦回転しながら柵に激突。

人型の穴を穿ちながら拠点の外に消えていきました。

「だから言いましたのに。慌てて走っては危ないと」

「お前のせいだあああ！」

振り返って一斉に私を非難する豚さん達。

まあ酷い言われ様。私はただ、純粋なる善意で忠告をして差し上げただけですのに。

人の善意を否定するどころか、あろうことか責任転嫁をなさるなんて。

「私、深く傷つきました。この悲しみは拳でもって発散させていただきますわ」

振り返らずにこっそり逃げようとしていた方の背に近づき、腰を下から突き上げるように拳で強打します。

「ひ、ひえっ……ヒレエエエ⁉」

殴られた方は絶叫しながら、ぶよんっと。

弾力性のある音を立てながら空に飛びあがって落下。

頭から地面に突き刺さって動かなくなりました。

「ひ、ひでえ……あんなのまともな人間の所業じゃねえ……」

「——なにをぼうっと突っ立っていらっしゃるのですか？」

「っ⁉」

少し離れた場所で呆然とした顔をしていた豚さんの正面に潜り込みます。

私が眼下にいることに気が付いた豚さんは驚きの声をあげようと口を開きました。

しかし豚さんが声をあげるよりも早く、拳を内側にひねるようにして威力を増したパンチを、心臓の上あたりの胸に叩き込みます。

「ハツッッ⁉」

肺に溜め込んだ息をすべて吐き出すかのような叫び声をあげて、豚さんが吹っ飛んでいきます。

「こ、こっちに飛んで来るなあああ⁉　うぎゃあああ⁉」

飛んでいった豚さんは進行方向にいた他の豚さん達を弾き飛ばしながら、十メートル程移動したところで、柵に激突して動かなくなりました。

「ちゃんと逃げないとすぐに捕まってしまいますわよ？　私としては好都合ですが」

「お、鬼だ……」

「豚殺しの銀髪鬼……」

また不名誉な二つ名をつけられてしまいました。

でも大丈夫、この方々はここで私が拳による口封じをしますので、この二つ名が世間に広まることは永遠にないでしょう。

「もしや私に殴られたいがためにわざと捕まって……？　それはお気遣いに気づかず、申し訳ございません。不肖、この私スカーレット・エル・ヴァンディミオン。豚野郎の皆様のご期待に添えられますよう、今からは手加減せず思いっきりブン殴って差し上げますね」

「そんなわけあるかあああ！」

「お前が殴りたいだけだろうがあああ！」

まあ、この方々。

また責任を転嫁《てんか》して私が悪いかのような言い様を。

そんなに殴ってほしいのかしら。本当にこの方々は罪作りなお肉ですわね。

「さあ、鬼ごっこの続きを致しましょう。貴方達のお肉をすべて味わい尽くすまで」

◆　◆　◆

スカーレットの言葉通り、僕——ナナカは、逃げてくる賊を捕縛するために拠点の出口で見張りをしていた。

最初は拠点から出てくる者がいればネズミ一匹逃すものかと、感覚を研ぎ澄ませていた僕だったが、拠点の中から響いていた野太い悲鳴が徐々に少なくなっていって、やがて聞こえなくなったことで警戒するのをやめた。

「……終わったか」

スカーレットが突入してから時間にして十分くらいだろうか。

結局逃げてくる賊は誰一人としていなかったので、獣人族が得意としている夜間の戦闘を披露する間もなく山賊退治は終わってしまった。

やったことといえば、時折柵を突き破ったり、柵の上を飛んでくる白目を剥いた賊を縛り上げたくらいのものだ。

それも気絶している上におそらく全身骨折しているから、縛るまでもなく逃げられなかっただろう。

「最近こんな役回りばっかりだぞ……全然戦ってないし」

それでも言われた通りにここで見張りをしていた僕に、スカーレットは「良くできましたね」と言って頭を撫でてくるに違いない。

全然褒められた気がしないぞ。

何もしてないに等しいし。

「僕は待てを命じられたペットの犬じゃないんだぞっ」

スカーレットを含め、レオナルドもしかり。

最近ヴァンディミオン家の人間からの僕への扱いが、愛玩動物のそれにどんどん近づいていっている気がする。

これは断固として抗議すべきだ。

このまま愛《め》でられるだけの存在になっていったら、身体がなまっていざという時、主人であるスカーレットを守れなくなる……！

「よし、今日という今日はガツンと言ってやるからな……！」

決意も新たに拠点の中に入ると、そこら中に上半身裸の太った賊が倒れていた。

それも地面に頭だけ突っ込んで直立していたり、柵に頭から突っ込んで足だけ出ていたりと。

まるで巨大な竜が大暴れしたかのような惨状じゃないか。

「……死んでないよな、こいつら」

心の中でもう一人の僕が、誰が誰を守るって？　と、呆れながら言っている気がする。

一応そこらに転がってるヤツらの容体を確認すると、外傷はあるようだけれど、致命傷に至らないように内部の損傷にはしっかり回復魔法がかけられているようだった。

「相変わらず医者もびっくりの神業だな……」

拳や蹴りが当たるのと同時に無詠唱の回復魔法で治療する……いつものスカーレットのやり口だ。

気兼ねなく後腐れなく人を殴るためという、あまりに不純すぎる動機によるものだけど、幼い頃からその手段に関してだけは、呼吸をするのと同じように練習を重ねたと本人が言うだけある。

凄まじい暴威を振るいながらも、スカーレットは今まで誰一人として人を殺していない。

たとえそれがどうしようもない悪人であっても、だ。

「……まったく、困ったご主人様だよな」

そんなスカーレットの非情になりきれない部分が、いつか彼女を窮地《きゅうち》に陥らせるかもしれない。

その時に一番傍にいる僕がスカーレットを守れる盾にならないと。

そのためにも僕は、このまま何もしないで腕を錆び付かせていくわけにはいかない。改めてそう思った。

「……ん？　あいつら……」

砦の正面辺りに回り込むと、スカーレットが突入した見張り台の下辺りで、竜騎兵が四人並んで立っているのが見えた。

あいつらも逃げてくる賊を捕まえるために、僕とは逆の拠点の入り口付近で見張りをしていたはず。

それが今ここにいるってことは、僕と同じように悲鳴が止んだのを見て中の様子を見に来たのか。

それにしてもあんなぼーっと呆けた様子で突っ立って一体何を——

「ッベー!?」

「マジやっべー！　見たかよあのパンチ!?」

「豚野郎共が紙切れみたいに吹き飛んでったぞ!?」

「あんな容赦のない暴力を振るう女、ヴァンキッシュでも見たことねえ！」

と、思っていたら興奮した様子で一斉に騒ぎ出した。

会話の内容から、なにを見て言ってるのか察しはつくけど。

それにしても興奮しすぎだろ。

まるで憧れの英雄《ヒーロー》でも見つけた子供みたいなはしゃぎっぷりだ。

「おいお前ら。そっちに賊は来なかったのか？」

「おっ、犬っころじゃん！　ちーっす！」

「来た来た！　殴られた豚が空飛んでこっち来たわ！」

「いやー、マジ半端《パ》なかったわ。百キロぐらいありそうな野郎がぐるぐる縦回転しながら柵の上飛んで来るんだぜ？　人間技じゃねえって！」

普通スカーレットの暴れっぷりを初めて見たら、怯えるかドン引きすると思うんだけど。

戦いを好むヴァンキッシュの人間だけあって、その尋常じゃない強さが逆に興味の対象になるってわけか。

うん、スカーレットが苦手そうな奴らだなこいつら。

「だから何が起こってんのか気になってよ？　元々監視しろって言われてたから、それもあってお嬢ちゃんの様子見に行ったらあれよ！」

竜騎兵が指を差した方に視線を向けると、そこにはスカーレットが立っていた。

夜空を見上げる返り血を浴びたその顔は、散々悪漢を殴った達成感からか晴れ晴れとしているように見える。

これでしばらくは殴りたい欲が治まればいいんだけど。

そうじゃないと僕の出番はずっと回って来なさそうだし。

「……スカーレット。満足したか？」

問いかけるとスカーレットは僕に振り向き、笑顔でうなずいた。

そして片腕を上げて伸びをしながら、満足気な声で言った。

「――ふぅ、スカッとした」

◆　◆　◆

身体を伸ばし一息ついた私は、様子を見に来たであろうナナカに向き直ります。

ナナカは私にハンカチを差し出して言いました。

「外に飛んできたヤツラは拘束しておいた。とりあえずここに全員集めるか？」

「そうですわね。竜騎兵の方々も丁度いらっしゃいましたし、砦の中に運び込んで縛り上げておきましょうか」

ハンカチで頬についた血をぬぐいます。

痩せた方を三十人殴っても消化不良といった感じですが、脂の乗った大物を三十人ともなればさすがにお腹も満たされました。

「さあ、早くお片付けを済ませて次の襲撃地点へ向かいましょう」

私の言葉にナナカが呆れた顔になります。

「まだ殴り足りないのか……」

「デザートは別腹ですので」

微笑みながら言うと、肩をすくめてナナカは拠点の外に歩いていきました。

さて私はそこらに突き刺さっている賊の方々を一か所に集めますか。

「業火の花嫁！」

気絶している賊の方の首根っこを掴んで移動させようとしたその時。

少し離れた場所に立っていた竜騎兵の皆様が、私に向かって駆け寄ってきました。

この方々はまったく、一体何度言ったらご理解されるのかしら。

「つい先刻も言いましたわね？　それはアルフレイム様が勝手に言っていることで、私はあの方の花嫁などではないと――」

「超クールだったぜ！　業火の花嫁――いや、スカぽよ！」

「……スカぽよ？」

今何か、とてもふざけたお名前で呼ばれたような。

「まるでダンスでも踊るみてーに賊共をボコスカブン殴っていく、スカぽよの姿に俺らすっかり魅入られちまったよ！」

「あんなとんでもねえモン見させられたら、監視の役目とかもうどうでもいいっしょ！」

「ホントそれな！　ヴァンキッシュの男で、あれ見て心が震えねえヤツいねえって！」

「姐《あね》さんって呼ばせてもらっていいっすか!?」

私の困惑をよそに、彼らは浮かれた様子で騒ぎ立てます。

今までに見たことがない反応ですわ。

脳筋国家の方々ですから、暴力に対する忌避感がない故でしょうが。

なんともやりづらさを感じます。

「薄々はそうではないかと思っておりましたが、やはり貴方達は私を監視するためについて来られたのですね」

「ジン副隊長《パイセン》の命令でよ。もしスカぽよが作戦に反した行動を取るようなら、お前らじゃ止められねえだろうから、すぐ連絡するようにって言われてたんだわ」

「俺達はあんな可愛らしい貴族のお嬢さんがそんなことするわきゃねえし、できねえっしょって思ってたし、いざって時は守ってやらねえとなってぐらいの気持ちでいたわけ」

「でもさっきの見たら、ジン副隊長《パイセン》が警戒するのも納得だわ。俺らなんかじゃとてもじゃねえけど止められねえって！　前に殿下をボコったたって話も眉唾じゃなかったんだな！」

「それなそれな——って、この話俺らがバラしたってのは内緒にしてくれよ、スカぽよ！　後でしばかれちまうからさ！」

「ジン副隊長《パイセン》の肩パンマジでいてえから……肩消し飛ぶから……」

彼らの見た目や言動から察するに策を講じるタイプではなさそうですし、嘘は言っていなさそうです。

まあ、ジン様のお気持ちも理解はできます。

ただでも外部の人間である私達を無理矢理討伐作戦に組み込んでいるのですから、これ以上イレギュラーなことがあっては困るとお考えなのでしょう。

「ってかよ。ふと思ったんだけど、ジン副隊長《パイセン》のスカぽよへの反応って、ほとんど殿下にしてる対応と一緒だよな」

「……は？」

あまりにも心外な言葉に思わず声が出てしまいました。

この方々は一体何を言っていらっしゃるのかしら。

「分かる。殿下もノリで暴れて作戦めちゃくちゃにする時あるから監視しとけって良く言われるもんな、俺ら。よく考えたらまったく一緒のこと言われたわ、今回」

「なんてったってスカぽよは、業火の花嫁だからな！　似た者同士って思われてんだろうなあ！」

「ちげえねえや！　あの殿下と似たご令嬢がまさかこの世にいるなんて奇跡みてえだよな！　わっはっは――ひぃ⁉」


ボゴォ！　と音を立てて手近にあった砦の壁に穴が開きます。

ああ、いけません。感情に任せて思わず壁をブン殴ってしまいましたわ。

「……襲撃に向かった他の方から何か連絡は来ておりますか？」

「あ、ああ……ジン副隊長《パイセン》が行ったとこ以外からは、さっき制圧完了って報せが通信機に届いたぜ」

「ちょ、マジかよ⁉　もしかして副隊長《パイセン》、苦戦してんのか？」

「んなわけあるかよ！　あのジン副隊長《パイセン》だぞ⁉　紅天の中でも殿下の次につえーんだ！　たかが賊ごときが百人束になっても適うわきゃねえって！」

手合わせをしたわけではありませんが、ジン様からは確かにただ者ではなさそうな空気を感じました。紅天竜騎兵団の副隊長の肩書を持っているお方ですし、ただの賊相手であれば万が一にも後れを取ることはないでしょう。

ですが、もし相手がイザベラさんやバロックさんのような異端審問官だった場合。

魔道具の効果によっては苦戦するやもしれません。

「今から副隊長《パイセン》の加勢に向かうべ！　位置的にも俺らが一番近いっしょ！」

「でもこいつら縛り上げなきゃいけねえし、飛竜も遠くに置いてきちまってるぞ⁉」

「っべーぞマジ！　どうすりゃいいんだこれ⁉」

「とりま落ち着けってお前ら！　こういう時は手に人の字書いて飲み込むんだよ！」

「飲み込んだら何かあんのか⁉」

「分かんねえ！　でも何にもしないよりマシっしょ！　とりあえずやっとけって！」

「やっとくべ！　人の字人の字！」

「「「……ふぅ」」」

何やらわちゃわちゃと慌てている竜騎兵の方々を無視して、山賊の拠点が描かれた地図を広げます。

ジン様が向かった場所は、標的にした四か所の拠点の中でも、一番奥まった位置にありました。

道なり的にはここからほぼ一直線なので、迷うことなくたどり着けそうです。

というわけで――

「私はこれから単独でジン様の援護に向かいます。貴方達はナナカと共にここの後片付けをお願いしますわ」

「へ？」

呆けた顔をする竜騎士の方から背を向けて、身を沈めて足に力をため込みます。

加速《アクセラレーション》の加護は消耗が大きく、長距離を移動するには不向き。

かといって身体強化の加護を発動するのも、ただ移動するという一点に関しては無駄が多すぎます。となれば――

「――〝身体部位強化〟」

身体強化の加護を全身ではなく両足だけに集中。

無駄をなくすことで加護の燃費を良くして、長距離の移動だけに特化させます。

「それではみなさん、また後ほど」

地面を蹴ると同時に、身体が前方の空中に投げ出されます。

少し遅れて竜騎士の皆様の「空飛んどるー!?」という声が聞こえてきましたが、それすらもすぐに残響となって消えていきました。

大体一回足場を蹴る度に十メートル程は進んでいるでしょうか。

拠点の柵を飛び越えた私は、夜空を背景に山の木々の頂を足場にして、ジン様の下へと翔けて行きます。

移動距離だけでいえば加速《アクセラレーション》の加護を使って走るのと同等のものは出ているでしょう。

今までの私は足だけに加護を集中するといった、緻密《ちみつ》な加護のコントロールはできませんでした。

ですが、ゴドウィン様やテレネッツァさんとの戦いを経て、私も成長していたのです。

今の私は以前よりも遥かに継続戦闘能力が向上し、よほど無理をしない限り加護切れによって倒れる心配はほとんどなくなっておりました。

「心配性のレオお兄様も、私が戦いで倒れることがなくなったと聞けば、きっとお喜びになってくれるでしょうね。ふふ」

さあこのまま急いでジン様の援護に向かいましょう。

敵国の兵だった方とはいえ、今は協力関係にあり、何か企みがあったとしても、今は我が国のために身体を張って戦ってくださっているのです。

もしものことがあっては後味が悪いですし、救ったとなれば恩も売れましょう。

それに――

「アルフレイム様に似ているなどという不名誉極まりない思い違いは、私が直々にしっかり正さなくてはなりませんからね」

「――私の名を呼んだか、スカーレットよ！」

夜空の遥か上方。雲の向こう側から筋肉質な声が轟いてきました。

「なぜあの位置から、私の声が聞こえているのですか……？」

げんなりしながら太い木の枝の上で足を止めると、頭上の雲が割れて黒竜が姿を現します。

ゆっくりと私の傍に降りてきた黒竜は、こちらをにらみつけて「グルル……」と威嚇のうなり声をあげました。

そんな黒竜の首をなだめるようになでながら、騎乗していた声の主――アルフレイム様はキメ顔で叫びます。

「愛しの我が花嫁の切なる呼び声に導かれ、空の彼方から私参上！　先刻ぶりだな、スカーレットよ！　会いたかったぞ！」

「誰も貴方のことを呼んでなどいません。そのまま空の彼方にお帰りになってくださいませ」

「その手厳しい返答すら最早愛おしいぞ！　ふっはっは！」

この方には何を言っても無駄でしたね。

今がパリスタンのために行っている作戦中じゃなければ秒でブン殴っているところです。

と、そんなことを思って私が拳を震わせているとは露知らず。

アルフレイム様は「おおそうだ！」と手を叩いて言いました。

「どうであった、私からの贈り物は！　喜んでいただけたかな？」

「あの炎の薔薇《ばら》のことでしたら本当に最悪でした。作戦中に一体何を考えているんですか、この脳内筋肉お花畑」

「そうかそうか！　喜んでもらえたか！　我ながら実に令嬢向けのロマンティックな催しだったと自画自賛していたところでな！　趣向を凝らした甲斐があったというものだ！」

おかしいですわね。まるで話が通じていません。

同じ言語をしゃべっているはずなのですが、私は今しゃべるバカの幻覚でも見ているのでしょうか。

「……まさかとは思いますが、あの一帯を一面焼け野原にしたわけではありませんよね？」

「心配いらん！　しっかり賊だけを消し炭にしておいた！　領土を焼いたとあってはジュリアス殿に一体どんな賠償《ばいしょう》を吹っ掛けられるか分かったものではないからな！」

一応まったく考えなしというわけではないようで安心いたしました。

賊に関しては可能な限り生け捕りにするというお話だったと思いますが、この方にそういった細やかな物事の機微《きび》を求めるのは不可能でしょうし――

「殺しをやっていない者に関しては兵に拘束させておいた故、後で煮るなり焼くなり好きにすると良かろう。ジュリアス殿にしても、功を認めさせるための証拠となる罪人の数は、多いに越したことはないであろうからな」

確かに、今回の事件をジュリアス様が鎮圧したともなれば、また一つ、あの方にとっての大きな功となることでしょう。

そうなればジュリアス様としても、恩があるアルフレイム様を無下にはできません。

ふざけているかと思えば、不意にこちら側の思惑を見透かしたようなことを言う。

やはり侮れませんね、アルフレイム・レア・ヴァンキッシュ。

なるべく関わり合わないようにと思っておりましたが、パリスタン王国の未来のためにも、そういうわけにはいきませんね。

「アルフレイム様。今から私がお聞きすることに、包み隠さぬ本音で答えて頂きます。もし嘘をつけば――」

身体強化の加護を全身に掛けなおした私は、拳を突き出して静かに口を開きます。

「――貴方を本気でブン殴ります」

私の本気が伝わったのでしょう。

アルフレイム様は目を細めると、真面目な声音で言いました。

「その様子。私の求婚が本気かどうかが聞きたい、というわけではなさそうだな」

この期に及んでもまだはぐらかすようであれば、もう二度とこの方とまともな対話は望めないと思っておりました。

ですがこの様子を見る限り、とりあえずは真面目に話を聞く気はあるようなので、ひとまずは安心ですね。

「パリスタンに謀略をしかけてきたかと思えば、敵対関係にあるはずのジュリアス様と協力関係を結び、恩を売ろうとする。一見一貫性のない貴方の行動のすべては、自分がヴァンキッシュの皇帝になるための布石である……そうですわね？」

「いまさら誤魔化しても仕方あるまい。その通りだ。まあ、ゴドウィンのようなクズが政争に勝ち残れる程度の脆弱極まる国であれば、協力関係を結ぶ価値すらなく、我が槍の矛先が容赦なく貴国の旗を貫いていたであろうがな……！」

犬歯をむき出しにして獰猛《どうもう》な笑みを浮かべるアルフレイム様。

同じ王子でもジュリアス様とはまるで正反対の、感情や思考をあけすけにするその態度に、私は不思議とそこまでの嫌悪感はありませんでした。

それはきっと、決して揺らぐことのない信念の下に行動している彼の強い心の在り方に、私が無意識の内に敬意を表しているからでしょう。

しかし、それと彼のやり方を肯定するかどうかはまた別のお話です。

パリスタン王国の公爵家に連なる貴族の一人として、私にとって彼はやはり侵略者であり、決して心を許せる存在ではないのですから。

「まるで飢えた獣のように乱暴なお方。その物言いでは、今でも隙を見せればいつでも噛みつくと言っているように聞こえますが」

「事実、その通りだ！　私が肩を並べることを許す者は、たとえ爪牙《そうが》折れようとも、その命尽きるまで戦う獣のみ！　魔物の脅威もなく、戦いを避けるばかりの腑抜けたパリスタンにそのような者はおらぬと思っていたが――」

眼を見開き両手を広げてアルフレイム様がさけびます。

「スカーレット！　我が運命の星《ステラ》よ！　権謀術数が入り乱れる国を拳一つで正し、この私を空の彼方まで投げ飛ばした貴女のような強く美しい人がいるならば！　私が皇帝になるための協力者として、パリスタンと協力関係を結ぶのも悪くはないと、そう思ったのだ！　次期国王であるジュリアス殿も利用価値がある優秀な男であるようだしな！　はっはっは！」

……それが協力関係を持ちかけてきた理由ですか。

実際のところ、アルフレイム様のような本能と直感を重視して動く方が、合理的な判断だけを理由にしてジュリアス様に協力関係を持ちかけて来たことを不思議に思っておりましたが。

単純に自分が気に入った強者である私が、パリスタン王国にいたからというのが理由だったのですね。

呆れた話ですが、強さを尊ぶヴァンキッシュ帝国の皇子であるアルフレイム様らしいといえばらしいとも言えます。

「聞きたかった話とやらはこれで終わりかな？　それではいざジンの下へ――」

「いいえ、私のお話はまだ終わっておりません。私が聞きたかったことは、そのさらに先のお話です」

「先の話、だと？」

そう、私がこの方にお聞きしたかった本音。

ハッキリさせたかったこと。それは――

「後継者争いに勝利し、皇帝となった後――貴方は一体なにをなされる気ですか？」

「……！」

その問いに、アルフレイム様はわずかに目を見開き、驚きの表情を浮かべました。

私は左の拳をアルフレイム様の胸元に向かって突き出し、言葉を続けます。

「あらゆる手段を駆使して自国の外からも戦力を呼び、力ですべてを従えた後……強大になった牙を、貴方は一体どこに向かって振るうおつもりですか？　同じような方法を用いて侵略を繰り返し、大陸の覇者《はしゃ》にでもなるおつもり？」

確かに今アルフレイム様と協力関係を結ぶことは、パリスタン側にとってもメリットがあることでしょう。

ですがその結果としてアルフレイム様が皇帝になり、今はまだ一枚岩ではないヴァンキッシュの勢力が、この方の旗印の下に統一され強固な物となった時。

果たして今と同じ関係を築いていけるでしょうか。

また協力関係が続いたとしても、好戦的なヴァンキッシュが他国への侵略を行った場合。

同盟であるパリスタンもその侵略に加担させられるような事態になり、私達が世界の敵にならないとも言い切れません。

「もしそうであれば、その邪悪なる野望を止めるためにも、私は今ここで。貴方をブン殴らなければなりません。再起不能にして、二度とそのような気を起こすことがないように」

そのようなことにならないためにも。

アルフレイム様には問い質さねばならないのです。

皇帝となった後の展望、おそらくはそう遠くない未来のお話を。

「なるほど、そうきたか」

アルフレイム様は目を伏せ、どこか憂いを帯びた顔でボソッとつぶやきました。

「……妬《や》けるぞ、まったく」

「……？」

意味が分からない事を言うアルフレイム様に首を傾げます。

妬《や》ける？　一体何のことを言っているのかしら、このお方は。

「ジュリアス殿に協力関係の話を持ち掛けた時、彼もまったく同じ質問を私にしてきたのだよ」

「……えっ？」

思わず素の声で反応してしまいました。

困惑する私を見て、アルフレイム様はやれやれと肩をすくめながら言葉を続けます。

「そしてもし本心を語らなかった場合、私以外の後継者候補の誰かと協力関係を結ぶと脅してきてな。その時は、この男はなんと腹黒いヤツだと思ったが、まさか貴方からもまったく同じようなことを言われるとはな」

ジュリアス様が、私と同じ質問を……？

いえ、あの方の聡明さを思えばそこに行きつくのは当然といえば当然ですが。

でも、そんないくらでもはぐらかしようもある未来の話なんて。

あのジュリアス様なら今聞いても無意味な話だと話題にすら出さなそうなものですが。

「まったく逆のタイプだと思っていたが、貴方とジュリアス殿は案外似た者同士なのやも――」

「まったくもって心外極まりないですわ。謝罪と訂正を要求いたします」

食い気味に否定しておきましょう。

人の気持ちをもてあそび喜ぶあの腹黒王子と私が似ているだなんて。

天地がひっくり返ったとしても絶対にありえません。

「……そんなことよりも。私はまだ答えを聞いておりませんが？　馬鹿にするだけならば殴りますよ？　いいですわね？」

「はっはっは！　殴られてみるのもまた一興ではあるが、愛した女の切なる願い一つ叶えられぬようでは、男がすたる！」

ドン、と自らの胸を拳で叩いて、アルフレイム様が宣言します。

「望み通り、嘘偽りない本音を貴女の前で語るとしよう。〝竜と心臓にかけて〟な」

ヴァンキッシュにおいて竜とは闘争の象徴であり、戦士にとっては半身にも等しい存在。

その竜と自らの命そのものである心臓の両方を賭ける竜と心臓の誓いは、ただの口約束ではありません。

それは身命を賭した絶対の物であり、破ることは死を意味すると聞いたことがあります。

つまりここから先においてアルフレイム様が語るのは、ヴァンキッシュの次期皇帝になるやもしれない男の、嘘偽りのない真実の言葉。

見極めさせてもらいましょう。この方の本性を。

「我が国ヴァンキッシュは武力こそがすべてであり、力ある者こそがすべてを支配するのが当然だと思われてきた。武芸を鍛え上げぬ弱き者は踏みしだかれ、虐げられるのが当たり前である、とな。私も幼き頃はその思想こそが至上であると信じて疑わなかった。だが――」

アルフレイム様は一呼吸おくと、遠い目をして夜空を見上げます。

「……ヴァンキッシュに根付いた思想と反するように、我が父である皇帝バーンは武力にこだわらず様々な能力を持つ者を官僚として登用《とうよう》した。その中には純粋なる闘争においてはまるで役に立たぬ非力な者も大勢いた。当然国の重臣達からは凄まじい反発を受けたが、父が皇位についてからの治世は数百年にも及ぶヴァンキッシュの歴史において、最も富に溢れ、領土も広がり繁栄した時代となったのだ」

「多様性を重視した結果、国力が高まったということですか。そのようなお話、初めてお聞きしました」

私の感想に、アルフレイム様はフッと得意げに笑みを浮かべました。

「知らぬのも無理はない。対外的には旧態依然の武力を最も尊ぶヴァンキッシュとしていた方が油断を誘えるからな。パリスタンに限らずこの大陸にあるすべての国が、未だに我が国に対して昔と同じイメージを抱いているのはこちらの思惑通りということだ」

そういった謀《はかりごと》も、武力一辺倒のヴァンキッシュに抱いていたイメージとはかけ離れたものですわね。

私達は思っていたよりもずっと厄介な相手を今まで敵に回していたのかもしれません。

「どうして力は弱まったのに国は強くなったのかと不思議がる私に、父は言った。『力の大きさというのは武力だけで測れるものではない。武力で勝てない相手に勝つ方法などいくらでもあり、武力とは力を示すための一つの手段でしかない。私はその手段を歴代の皇帝の中で最も多く持っていたが故に、結果として最も強大な力を持ち、最も国を繁栄させることができたのだ』と」

ヴァンキッシュ皇帝バーン――パリスタン王国で知れ渡っている話によれば、大柄で筋骨隆々《きんこつりゅうりゅう》としていて好戦的な、見た目通りのいかにも武力を是とする国の王とのことでしたが。

実際のところは外見のイメージとはまるで真逆の、脳筋国家の王らしからぬ先見の明を持った賢いお方だったようですね。

「父の思想は、武力を絶対とするヴァンキッシュの価値観で育ってきた私にとっては、受け入れがたいものだった。故に三日三晩悩んだ。デカい図体に見合わず、異常に口が達者な父に対して『武力を最上としないなんて父上は腑抜けだ！』と言い負かすためにな」

駄々をこねるために三日三晩も悩むなんて。

幼い頃はこの方《ゴリラ》にも可愛いところがあったのですね。

「しかし四日後。私は父の思想を認めざるをなくなってしまったのだ。なぜなら私は――女が大好きだったからな！」

「は？」

この方が女好きということと、今までの話に一体何の因果関係があるのでしょう。

いえ、とりあえずここは悩む前に殴るべきですね。そうしましょう。

「はっはっは！　待て待て！　少し話の結論を急ぎ過ぎた！　ちゃんと説明をするから、とりあえずその振りかぶった拳を下ろしたまえ！」

「もし次に少しでもふざけたことを言えば問答無用で殴りますから、そのおつもりで」

「任せておけ！　あまり長く話してジンを待たせると投擲《とうてき》槍で爆殺されかねんからな！　巻き進行で行くとしよう！」

フシュー、と。黒竜が面倒くさそうに吐息を漏らします。

どちらでもいいから早くしろ、と言わんばかりの態度です。

ええ、分かります。

私としてもこの話合いを長引かせたいとは思っておりません。

状況を考えれば一刻も早くジン様の救援に向かうべきでしょう。

ですがここでアルフレイム様の真意をはっきりさせないまま作戦を終えたなら。

もうその答えを問い質す機会は二度と訪れず、私は後々、取り返しのつかない後悔をすることになるかもしれません。

そのような事態にならないためにも、今ここで話し合いに決着をつける必要があるのです。

アルフレイム様も私の決意を感じ取ったのでしょう。

表情を引き締めて、緩んでいた雰囲気を真剣なものに戻すと、再び語り始めました。

「かつて極端な武力偏重主義だった時代のヴァンキッシュでは、女は女というだけで男より武力に劣ると言われ、不当に差別を受けていた。まったくもって愚かな思想だ。たとえ純粋な筋力量や肉体の頑強さで男に劣っていたとしても、武芸の技の冴えでは男すらも凌ぎ、また男よりも魔法の扱いに長《た》けた女などいくらでもいるというのにな」

その愚かな思想こそ、私がいままで抱いていたヴァンキッシュの脳筋的なイメージだったわけですが。

話しぶりから察するにアルフレイム様ご自身の考えは違うようですわね。

「私は女が好きだ。それも戦う女が大好きだ。戦場を戦乙女《ヴァルキュリエ》がごとく駆けるその姿は、見た目の美醜など関係なくそのすべてが私の目には尊く美しく映る。そんな女達が、極端に視野の狭い本質を見失った『武力こそがすべて』などという古い慣習によって縛られ、誇りを踏みにじられた上に、正当に力を評価されない。そのようなことがあっていいのか？　否ァ！」

突然目を見開き叫び声をあげたアルフレイム様が、黒竜の上に立ち上がります。

迷惑そうにする黒竜の上で、アルフレイム様は大きく息を吸い込み、辺りに響きわたるような大声で叫びました。

「あっていいはずがない！　そんな思想はゴミクズも同然である！　私が愛する強く美しい女達を悲しませる法などこの世から消えてしまえばいい！　スカーレットよ、貴女もそう思うであろう!?」

「アルフレイム様の女性の趣味に関してはどうでも良いことですが……認めるのは癪ですけれど、概ねその考え方には賛成です」

「そうであろうそうであろう！　貴女ならそう言うと思っていたぞ！　それでこそ私が見染めた業火の花嫁！　やはり貴女はこちら側の人間だな！」

勝手に戦闘狂側の人間に組み込まないでくださいませ。

私は戦うことが好きなのではなく、醜悪なクズのお肉を殴ることが好きなだけで本来は平和主義者なのですから。

「もし父が皇帝とならず、ヴァンキッシュの価値観が旧態依然のままだったなら、私はこの世で一番美しい物――戦場で戦う女の姿を知らぬままに育っていたであろう。だから私は悩みに悩んだ五日目に、涙を流しながら父の下へ感謝の言葉を告げに言ったのだ。私に世界で一番美しい物を教えてくれてありがとう、とな。そんな私を見て父は真顔で言ったものだ。お前は一体何を言っているんだ？　と」

「誰だってそう言いますわ」

何から何まで過程を飛ばしすぎですのよね、この方。

私へのプロポーズの時もしかり。

空の彼方へ投げ飛ばれても文句は言えませんわ。誰だってそうしますもの。

「私は父が作った今のヴァンキッシュを愛している。なんの差別もなく、誰もが自らの才を存分に振るい、大いに戦い、大いに騒ぐ。まるで大空を竜で舞うがごとく、すべては自由だ。そんな日々がこれからもずっと続けば良い。皇帝となった後に私が望むのはただそれだけだ」

それは破天荒で自信家のアルフレイム様にしてはあまりに夢がなく保守的な願いのように思えました。

竜と心臓の誓いをしている以上、本心なのでしょうが……何だか腑《ふ》に落ちません。

それがもし本当にアルフレイム様の願っていることなのだとしたら、この方あまりにもまともな人すぎませんか？

普段のふざけた言動すらも相手に油断させるための演技ということなのでしょうか。

私の困惑を察したのか、アルフレイム様はフッと笑って言いました。

「私以外の次期皇帝候補達は一人を除き典型的な武力至上主義者でな。そのような者が皇帝になれば我が国はまた野蛮《やばん》だった頃に戻り、肉体に恵まれぬ才ある者達や女達は再び差別されるようになろう。そんなことはこの私が絶対にさせぬ。そのためにも私は必ず皇帝にならねばならぬのだ」

そう言ってからアルフレイム様は私に手を差し出してきます。

その顔には溢れんばかりの生気と自信が満ちていました。

なにも心配することはない、と私に言い聞かせるように。

「正直先のことはまだ良く分からん！　皇帝になった後の国の方針はその時の状況次第でもあるだろう！　だが揺らがないことはある！　それはこのアルフレイムが、恩を受けた者に対して義に反するような行いは絶対にしないということだ！　だから私を信じろ、スカーレット！」

「それは今後私達がアルフレイム様に協力し、貴方が皇帝になられた際には、その恩に報いてパリスタンとヴァンキッシュの間で恒久的《こうきゅうてき》な同盟関係を結び、他国への侵攻もしないと、そう受け取ってもよろしいですか？」

「少なくとも、私を皇帝に押し上げたという莫大な恩を返すまでは、盟友として共にあり、平和を乱すような行いはしないことを約束しよう！」

はっきりいって私はこの方が、いえ、ヴァンキッシュの方々が苦手です。

騒々しいし、暑苦しいし、何を考えているのか良く分かりませんし。

「……竜と心臓にかけて、誓えますか？」

「誓おう！　竜と心臓にかけて！」

たとえ国同士が同盟を結んだとしても、彼らと親愛なる隣人にはなれないでしょう。

ですが――

「約束を違えた時は、大陸の果てまで追いかけていってブン殴りますからね」

「熱烈な告白だな！　そこまで愛した女に想われているとは男冥利《おとこみょうり》に尽きるというものだ！」

そんなヴァンキッシュのことであっても。

一国の王子に命を賭した誓いを立てられてまで、信じてほしいと言われれば。

応えないわけにはいかないでしょう。

アルフレイム様のお話も納得するかは別として、一応筋は通っておりましたし。

「……話が長引き過ぎましたね。ジン様の下へ急ぎましょう」

「ならば我が愛騎ヘカーテの後ろに乗るが良い！　全速で飛ばせばジンの下まで一分もかかるまい！　さあ！　さあ！」

差し出した手をしつこくこちらに突き出してくるアルフレイム様。

どうあっても私と手を繋ぎたいようですわね。

子供ですか、まったく。

「分かりました。それではお邪魔させていただいます」

渋々手を伸ばすと、待っていましたとばかりにアルフレイム様が私の手を取ります。

そして私の身体を抱き寄せると、そのまま竜の後ろへと下ろしました。

「グルルゥ……！」

今までも不機嫌そうにしていた黒竜が、より一層不満そうに喉を鳴らします。

主人以外の人間を勝手に乗せられて機嫌を悪くしてしまったのかしら。

そういえばレックスと初めて会った時も、このような反応をしていましたね。懐かしいですわ。

「ではいざ行かん！　舞えよヘカーテ！　気高く美しい我が愛しの黒竜姫よ！」

「グオオオッ！」

アルフレイム様の号令と共に、ヘカーテと呼ばれた黒竜が大きな翼を羽ばたかせて夜空に舞い上がります。

ある程度の高さまで到達するとヘカーテは空中で静止。

翼を広げた後、背後の空を発射台にするかのように凄まじい速度で飛翔を始めました。

「ぼっぼっぼ！　ぼぼぼぼーぼぼぼぼ！　ぼぼぼぼ！　ぼぼぼぼぁー！　（はっはっは！　炎で火照った身体に夜風が涼しい涼しい！　どうだ、空を駆けるのは最高であろうスカーレットよ！）」

風がうるさすぎて何を言っているのかまるで分かりません。

ですがどうせろくなことは言ってないので気にする必要はないでしょう。

しかしそれにしても……野蛮《やばん》そのものだと思っていたヴァンキッシュの価値観が、知られている物よりもずっと合理的だったことには驚きました。

かつて私の家庭教師の先生がおっしゃっていたように、教科書で学んだ知識だけでは分からないことが、世界にはまだまだたくさんありますわね。

「目的地が見えてきたぞ！　着陸の準備をしたまえ、撲殺姫よ！　五秒後に飛び降りるぞ！」

正面から猛烈に風が吹きつけてくる中、目を凝らして地上を見下ろします。

木々が広がる山の中、まだ豆粒ほどの大きさではありますが、煙を上げている山賊の拠点らしき物が微かに視界に映りました。

拠点を守る柵はほとんどが壊れていて、砦の外壁も崩れ落ちており。

パッと見た感じでは、ほぼ半壊しているといっていい有様です。

「もう戦いは終わってしまったのでしょうか」

私のつぶやきにアルフレイム様が大声で返します。

「いや、几帳面なジンのことだ！　戦いが終わればすぐに連絡を入れてくるであろう！　それがないということは――」

ドーン！　という爆発音共に、砦の一角が吹き飛びました。

「未だ戦いのただなかにあるということだ！」

ということは、援軍は間に合ったということですね。

安心しました。私の獲物《デザート》がまだ残っていてくれて。

「それではお先に失礼いたします」

拠点が眼下に迫り、速度を落としつつあるヘカーテから飛び降ります。

降下しながら地上を見渡すと、拠点の隅の方で柵を背に槍を構えているジン様の姿がありました。

表情こそ平然としているものの、鎧はところどころが砕け、負傷している姿が見て取れます。

あの方が苦戦するということはやはりお相手は――

「――〝身体強化〟」

加護を発動し、落下の衝撃に耐えられるようにしながら、砦の頂上部分の屋根に着地。

着地の衝撃で屋根が崩れ落ちる前にさらに跳躍して、ジン様の正面に降り立ちます。

「ごきげんよう。あちらが早々に片付いたので援軍に参りましたわ」

「……！」

突然目の前に現れた私に、ジン様は眼を見開いて驚いた顔をします。

しかしすぐに平静を取り戻すと、私から視線をそらして砦の方を見据えて言いました。

「手助けは無用です、と言いたいところですが……助かりました。このままでは倒されるのも時間の問題でしたので」

「元はと言えば賊の方々を懲らしめるのはこちらの国の問題ですので、感謝は無用です。それでお相手はどちらに――」

「……っ！　後ろだ！」

会話を断ち切るようにジン様が叫びます。

それと同時に背後で何者かの気配と殺気が湧きあがりました。

振り返るとそこには漆黒の僧衣を身にまとった黒髪の殿方が、身の丈ほどもある大剣を掲げて立っています。

彼は私と視線が合うと、口端を歪めてつぶやきました。

「――散り行く華こそ、美しい」

その言葉が終わるや否や、黒髪の殿方は私に向かって大剣を降り下ろしてきます。

早い――ですが、身体強化の加護を使えば避けられない程の速度ではありません。

考えると同時に即座に身体強化を発動した私は、大剣の射程外に回避しようとして――

「――〝怠け、堕落《だらく》せよ〟」

どこからともなくしわがれた老爺の声が響いてきました。

それと同時に、ズン、と。

上から地面に押し付けられるように私の身体に重圧がかかります。

重力による行動阻害？

それとも身体能力を低下させる魔法？

考えるより先に、危機を感じた私は加速《アクセラレーション》の加護を発動させていました。

「――〝加速三倍《アクセラレーションスリーバースト》〟」

三倍に加速した身体能力で地面を蹴り、右に向かって回避。

一瞬遅れて私が立っていた場所に、黒髪の殿方が大剣を振り下ろしました。

剣が炸裂した地面が轟音と共に砕け散り、土煙が噴き上がります。

すぐそばにいたジン様が攻撃の巻き添えになったのではないかと気にかかりましたが、私に注意を促した後、すぐに回避したようで少し離れた場所に立っていました。

私が到着する前の戦闘により多少の負傷はしているようですが、動きに支障はなさそうですし、ことさらに気にかける必要はなさそうですね。

さて――

「……淑女《しゅくじょ》の背後から突然二人掛かりで襲い掛かってくるなんて、随分と礼儀のなっていない方々ですわね？」

土煙が晴れると、そこには黒髪の殿方が手鏡で自分の顔を見ながら立っていました。

おかしなことに、先程まで持っていたはずの大剣がどこにも見当たりません。

あんなに大きな得物を隠せる場所なんてどこにもありませんのに。

不思議そうに見ていると、彼は自分の顔を手鏡に映しながら、恍惚とした表情で言いました。

「――悪魔すらも魅了《みりょう》してしまうとは。自分の美しさが恐ろしい」

その一言ですぐに悟りました。

この方も最近良く遭遇する意思疎通ができない頭のおかしな方だということに。

こういった方々に最適な対処はまともに相手をしないこと。

それに尽きます。

「私のことを悪魔と呼ぶということは、貴方達はパルミア教の異端審問官の方で間違いありませんね？」

黒髪の殿方に相対したまま、砦の入り口付近に視線を向けます。

そこには黒一色の殿方とは対照的に、真っ白な僧衣をまとう老爺が立っていました。

禍々しくねじ曲がった杖を持つその方は、口元を歪めて邪悪な笑みを浮かべます。

「ふぉっふぉっふぉ。ヴァンキッシュの悪タレ共に灸を据えてやっていたら、思いもよらぬ大物が飛び込んできたものだわい」

老爺が歩いて来て黒髪の殿方の隣に立ちます。

二人は示し合わせたかのように順番に名乗りを上げました。

「ワシの名はパルミア教異端審問官《鬼謀《きぼう》》のミシェラン」

「私の名はパルミア教異端審問官《聖痕《せいこん》》のアヴェリン」

自己紹介を終えると、ミシェランと名乗った老爺が私に向かって叫びます。

「銀髪の悪魔スカーレット！　神をも恐れぬ大罪人め！　暴虐の限りを尽くし、パルミア教を破壊したその罪！　万死に値する！」

老爺はくぼんだ眼下の奥にある目を見開くと、杖の先端を私に向けて宣言しました。

「その身の一片すらこの世に残さず、滅び、朽ちるが良い！　我が〝怠慢の足枷〟によってな！」

あの禍々しい意匠《いしょう》の杖――感じ取れる魔力の量からいって明らかに魔道具ですわね。

私の行動を阻害したのはあの杖の効果と見て間違いないでしょう。

「……この世で最も許されざる罪。それは美しい者に仇なすことに他なりません。美しき女神パルミアとその巫女テレネッツァ様を害した悪魔スカーレット――」

ミシェランさんに続いて、お次はアヴェリンと名乗った黒髪の殿方が口を開きます。

彼は歌うように言葉を紡ぎながら、空に向かって手をかざしました。

「貴女の行く先に最早道はどこにもない。あるのは死へと続く葬列のみ」

するとも何もない空間から突然先程の大剣が現れます。

武器を召喚する魔法……？

いえ、あの大剣の形をした魔道具の能力でしょうか。

彼は身の丈ほどもあるその大剣を片手で掴み肩にかつぐと、真っ黒に濁った狂気を帯びる眼を私に向けてきます。

そして、囁くような自分に酔った声音で言いました。

「……終わらせてあげましょう、その穢れた命。我が魔道具〝美しき終焉《ベレラファン》〟によって」

得体のしれない二つの武器――おそらくは魔道具の中でも強力な効果を持つ、女神パルミアから与えられた特別品でしょう。

片方が身体を重くして行動を阻害し、片方が気配を殺して死角から攻撃してくる。

回避型で近接攻撃を主体とする私にとっては少々厄介なお相手です。

それにお二方とも痩せていて殴り甲斐もなく、あまり拳欲《しょくよく》がそそらないデザートでもあります。

正直割に合わない戦いと言っていいでしょう。ですが――

「人々を騙し、大聖石を破壊し。国を脅かしただけに飽き足らず、廃教されてもなお悪事を働くその性根。やはりクズには反省を促しても意味はなく、どこまでいってもクズ、ということですか」

我が物顔でこんな拠点まで勝手に作って徒党《ととう》を組み、略奪行為を働いて一生国や民の足を引っ張り続ける。

こんな連中をこのままのさばらせておくわけにはいきませんからね。

それに私――

「灰は灰に。塵は塵に。そして――クズはクズに。二度と悪事ができぬように、徹底的にブン殴ってゴミクズにして差しあげます」

クソ女神とクソ女の関係者は全員余すことなく殴り倒すと心に決めておりますので。

「――その闘争、私も一枚噛ませてもらうぞ！」

ブン殴る決意も新たに手袋をはめ直していると、頭上から大きな声が響き渡ります。

そして次の瞬間、私と異端審問官のお二人の間に人間大の何かが落下してきました。

深紅の鎧を身にまとったそのお方――アルフレイム様は、腕を組み仁王立ちのまま、轟音を立てて地面に着地します。

鋼体の加護の効果でしょう。

普通の人間なら空からそのままの勢いで落ちれば、大けがではすみませんが、どうやらまったくの無傷のようです。

呆れるほどに頑丈ですわね、この筋肉ゴリラは。

「同胞《どうほう》の領土を荒らす下賤《げせん》なる賊共よ！　我が爪牙《そうが》によりその身を打ち砕かれ、この大地から消え失せるが良い！　我が名はヴァンキッシュ帝国第一皇子、アルフレイム・レア・ヴァンキッシュ！　血肉魂、そのすべてを賭けた闘争《ころしあい》をいざ、始めようぞ！」

遅れて来たくせに何をドヤ顔で開戦宣言をしているんですかこの方は。

「おかしいですわね。五秒後に飛び降りると聞いた気がしたのですが。一体今までどこで油を売っていらっしゃったのでしょうか」

「なぜかヘカーテが降ろしてくれなくてな！　あのまま乗っていたら危うくヴァンキッシュまで連れていかれるところであった！　はっはっは――」

その瞬間、アルフレイム様の笑い声をさえぎるように。

一メートル程の細長い鉄の塊が、アルフレイム様の顔を掠めながら、異端審問官のお二人の方に飛んでいきました。

それは彼らの足元の地面に着弾すると、ドーン！　と轟音を立てて爆発します。

近くにいたアルフレイム様を巻き添えにしながら。

「……今のがアルフレイム様が言っていたジン様の投擲《とうてき》槍ですか」

投擲《とうてき》した主であるジン様の方に視線を向けると、手に一メートル程の短い槍を携えていました。

衝撃を受けると爆発する使い捨ての魔道具……といったところでしょうか。

私の視線に気づいたジン様は首を横に振って口を開きます。

「油断しないで下さい。これで倒せるような相手であれば最初から苦戦していません」

立ち込める土煙によって爆心地の様子をうかがい知ることはできませんが、おそらくは槍が炸裂した半径五メートル以内は、爆発した槍と土の飛礫《つぶて》によって破壊の嵐が巻き起こっていたことでしょう。

異端審問官のお二方には回避できるようなタイミングはないように見えましたが、ジン様の言う通り油断は禁物です。

彼らの厄介さは、聖地巡礼の時から何度も交戦してきた私が、一番身に染みて分かっていますから。

「主君を巻き込んでもまるで意に介していない情け容赦のない無慈悲な一撃！　相変わらずよなジン！　私でなければ怪我では済まぬぞまったく！」

土煙が晴れるとそこから仁王立ちして笑う無傷のアルフレイム様が姿を現しました。

普通の人間であればあの一撃をまともに受けたら重症間違いなしです。

こちらはアルフレイム様の頑強さを分かっていたので驚きはありませんが――

まさか異端審問官の方々はこちらが味方ごと自分達を範囲攻撃するなどとは夢にも思っていなかったでしょう。

ジン様は苦戦していたと言っておりましたが、相対していた上での攻撃ならともかく、意識外の不意打ちならばあるいは――

「……！」

強烈な殺意を感じて、思わず背後に振り返ります。

そこには先程と同じく、いつの間にか私の背後に肉薄していたアヴェリンさんが、両手に持った大剣を突き出そうとしている最中でした。

この状況、アヴェリンさんがいる後ろへはいわずもがな、前方に避けようとすればそのまま剣を突き込まれ。

左右に避けようとしても剣を横薙ぎにされて私の身体が両断されるのは必死でしょう。

停滞の加護が使えればたやすく回避も反撃もできたのですが、どうやらそんな暇はなさそうです。であれば――

「――〝加速《アクセラレーション》〟！」

加速《アクセラレーション》の加護を発動し、そのまま前のめりに地面に倒れ込みます。

アヴェリンさんの大剣は、倒れ込もうとしている私の背中のわずか上を、間一髪で貫いていきました。

「ふっ！」

うつぶせの状態で地面に両手をついた私は、鋭い呼気と共に倒立するような体勢で、両脚を後ろにいるアヴェリンさんに向かってはね上げます。

狙うは彼が持つ唯一の武器である大剣です。

次の瞬間、ゴン、と鉄を叩く鈍い音がして、私の蹴りではね上げられた大剣が、アヴェリンさんの手から離れて宙を舞いました。

狙い通りですわね。

武器を落とせば後は好き放題ブン殴るだけです。

「……素晴らしい」

武器を弾き飛ばされ、万歳するような無防備な体勢になったアヴェリンさんが、感嘆の声を漏らしました。

私は倒立したまま身体をひねり、余裕ぶったそのお顔に回し蹴りを叩き込もうとして――

「行儀の悪い足には躾《しつけ》をしてやらねばのう――〝怠け、堕落《だらく》せよ〟」

ミシェランさんの声が聞こえたかと思うと、ガクッと私の足が重くなります。

声の方に視線を向けると、ジン様が攻撃した場所から十メートル程離れた位置に、ミシェランさんが杖を構えて立っています。

おそらくは魔道具の力によって投擲槍《とうてきそう》を回避していたのでしょう。

「しぶといおじい様ですわね」

ミシェランさんの魔道具の効果で動きが鈍ったことで、確実にアヴェリンさんの顔をとらえるはずだった私の蹴り足は、身を反らされて空を切りました。

「残念。妨害されなければ確実に顔面に叩き込めましたのに」

バク転をして飛びのき、一旦仕切り直します。

私が距離を取ると、アヴェリンさんは空から落ちてきた大剣を片手で掴み、再び肩に担ぎ直しました。

「驚きましたよ。まさか今の奇襲を避けるばかりか、反撃に転じて来るとは。まるで野生の獣のような反応だ。貴女が悪魔でなければ惜しみない賛美の言葉を――」

「――おい、貴様」

割り込んできた声にアヴェリンさんが振り向くと、そこにはアルフレイム様が立っておりました。

「誰に向かって背を向けているか、この痴れ者が！」

頭上に掲げた右手に燃え盛る炎をまとったアルフレイム様は、獰猛《どうもう》な笑みを浮かべてその手を振り下ろします。

その瞬間、耳をつんざく轟音と共に、巨大な炎の柱が地面から空に向かって立ち上がりました。

危険を察知した私は大きく飛びのいて回避しましたが、もしあの場に留まっていたなら、炎の規模や威力からして一瞬で消し炭になっていたことでしょう。

「……私ごと燃やす気ですか？」

「おお、すまぬすまぬ！　あまりに礼を失する輩《やから》だったのでつい力がこもってしまってな！　それに貴女であればあの程度の攻撃を回避するのは容易であろう？」

それはその通りですが。

というか、ジン様といいアルフレイム様といい、ヴァンキッシュの方々はどうしてこうも大雑把な範囲攻撃ばかりするのでしょう。

少しはこの私のように、周りの方の被害を考慮して平和な攻撃を心がけてほしいものです。

近所迷惑極まりないですわ。

「……それで、手品の種は割れたのか我が姫よ？」

私の横に並んできたアルフレイム様がパチンと指を鳴らすと、炎の柱が消滅します。

焼け跡には、先程のジン様の攻撃時と同様に、アヴェリンさんの姿は影も形もありませんでした。

最早そのことに驚きはしません。

避けられることはすでに分かっておりましたから。

むしろどうやって避けているかを確認するために、私はあえて距離を取って追撃をせずに様子を見ていたのです。

手品の種は、と私に聞いてきたことから察するに、アルフレイム様も避けられることを承知の上で反応を見るために攻撃をしていたのでしょう。

どうみても必殺の勢いで放たれた無詠唱の炎魔法に見えましたのに。抜け目ないお方ですわね。

「――ふぉっふぉっふぉ。間一髪じゃったのう、アヴェリンよ」

離れた場所に立っていたミシェランさんが肩を揺らして笑います。

その隣では、魔道具によって移動していたのでしょう。やはり何事もなかったかのように、火傷一つ負っていないアヴェリンさんが立っていました。

アヴェリンさんの表情からは未だに余裕が感じられて、微かな笑みすらもこぼれています。

舐められたものですわね。

確かに最初は貴方達の魔道具の特性が分からず、翻弄されましたが――

「……本来なら、手品の種明かしなどという無粋極まりないことは、私もやりたくはなかったのですが」

――すでに、手品の種は割れました。

もう次はありませんわ。

「さすがにこう何度も同じネタを見せられては飽きました。幕引きといきましょう」

私の答えに、アルフレイム様は満足そうに笑うと、前に歩み出て宣言しました。

「良かろう！　では露払いは私に任せたまえ！」

アルフレイム様が右の手の平を天にかざします。

一瞬遅れて手の平から炎が吹き上がると、アルフレイム様はすぐさまその火を握りつぶしました。

そして握ったままの拳を顔の横まで下ろすと、眼を見開いて叫びます。

「見せてやろう！　この私が業火の貴公子《インフェルノプリンス》と呼ばれている、その所以《ゆえん》をな！」

叫び声と共にアルフレイム様が拳を横に薙ぎ払いながら手を広げました。

その瞬間、アルフレイム様を中心に扇状の炎波が、猛烈な勢いで放たれます。

高さ十メートル、最大の横幅三十メートル近くにも及ぶその強大な炎の波は、異端審問官のお二方を砦ごと飲み込んで焼失させる――そのはずでした。

「――でもそうはならない。ですわよね？」

攻撃しているアルフレイム様の背中に背を向け合うように身をひるがえします。そして――

「――〝停滞せよ《オーバークロック》〟」

即座に停滞の加護を発動。

周囲の時間が、現実の百分の一の速度でゆっくりと流れていく中。

私だけが普段と変わらない速度で、背後に振り向きます。

そこには予想通り、アヴェリンさんとミシェランさんが立っていました。

彼らの後ろには、まるでガラスにひびが入ったかのような亀裂ができていて、その奥には今しがたアルフレイム様が放った燃え盛る炎が垣間見えます。

「……空間を引き裂き、別の空間と繋げる魔道具とは驚きました」

アヴェリンさんの手品の種――

それは空間を切り裂く魔道具による短距離の空間転移でした。

種が割れたのはアルフレイム様の一度目の攻撃の時。

炎の柱を食らったようにみえたアヴェリンさんが、燃え盛る火の合間に、大剣で空間を切り裂いている姿を、身体強化して一瞬の隙も見逃さない私のこの目ははっきりと捉えておりました。

「相手が悪かったですわね。私、昔から目の良さには自信があって、その手の手品はすぐに見破ってしまうのです」

しかし空間移動とは面妖な。

道理で目の前に接近するまで殺気も気配も感じないはずです。

一瞬とはいえ、彼はこの世の理の外に身をおいていたのですから。

「さて、種明かしも終わったところでトドメと参りましょうか」

停滞の効果時間が終わる前に、一気に異端審問官のお二方と距離を詰めます。

現実の時間を動く彼らの目には、私がまるで目の前に瞬間移動してきたかのように見えるでしょう。

「――ご自分が今までしてきたことをやり返される気分はどうですか？」

「っ⁉」

停滞が切れると同時に、私を認識したアヴェリンさんの表情から初めて余裕が消え、それはすぐに驚愕へと変化しました。

「た、怠慢の足――かふっ⁉」

杖の魔道具で私を阻害しようとしていたミシェランさんの顎を拳で打ち抜きます。

口から血を噴き出しながらミシェランさんはその場にカクンと崩れ落ちました。

意識を絶っておいたので、たとえ怪我を治す魔道具〝聖少女の首飾り〟の模造品《レプリカ》を持っていたとしてもしばらくは起き上がれないでしょう。

「手加減はしておきました。老い先短いお命ですからね。老人介護の精神ですわ」

アヴェリンさんに向き直ると、彼は大剣を振りかざし今にも私に向かって振り下ろさんとしている間際でした。

もしミシェランさんが五体満足であれば、また魔道具により回避行動を阻害されていたでしょう。

ですが彼が気絶して戦線離脱した今、私の身体を縛る楔はどこにもありません。

ということで、気兼ねすることなくブン殴らせていただきましょう。

「ぐぎゃっ!?」

顔面に拳を一、二、三発と叩き込むと、鼻血を噴き出しながらアヴェリンさんが吹っ飛びます。

「失礼、あくびが出るほどに遅かったもので、一発で済ませるつもりがつい三発もぶち込んでしまいましたわ」

「き、き、きさ、貴様ぁ！　私の美しい顔に、き、傷を……！」

顔面血まみれで鼻が折れ曲がったアヴェリンさんは、憤怒の形相で立ち上がり、私をにらみつけてきます。

普通なら立ち上がれない程のダメージを与えたはずですが、聖少女の首飾りの効果でしょうか。

すでに怪我が治りつつあるようです。

「許さん！　許さんぞ、悪魔めえ！　殺す殺す殺す殺すぅ！　貴様は斬殺刑に処す！」

片手で大剣をブンブンとめちゃくちゃに振り回しながらアヴェリンさんがこちらに向かって走ってきます。

彼本人がこだわっていた美しさの欠片もないその無様な有様に、私は微笑みながら言いました。

「種明かしをされた手品師がずっと舞台に居座るほど、見苦しい物はありませんわね」

言葉を言い終える前に、剣を振り上げて隙だらけになったアヴェリンさんの腹部に軽く前蹴りを入れます。

「ぐはっ⁉」

アヴェリンさんの動きを止めたところで、地面を蹴って跳躍。

空中で身をひねり、ぐるんと右回りで回転しながら回し蹴りを放ちます。

標的はもちろん、私に腹を蹴られて前かがみになったアヴェリンさんの横っ面です。

「ぎぇえええ⁉」

ゴキゴキィッ！　と、アヴェリンさんの顔面の骨が蹴り砕かれる鈍い音が響き渡ります。

そのまま私が足を振り抜くと、アヴェリンさんは地面をバウンドしながら柵を飛び越えて拠点の外まで吹っ飛んでいきました。

「――ふぅ、スカッとした」

加護を解くと、全身に心地よい疲労感と熱が湧きあがります。

周囲を見渡すと、私達が到着する前にジン様の手によって半壊していた砦は、アルフレイム様の炎によってほぼ焼失。

私がブッ飛ばした異端審問官のお二方を含め、倒れている山賊の方々も、回復魔法なしでは最早指一本動かせない状態でしょう。

他の拠点も壊滅したとのお話ですから、これで山賊は一掃されたと見ていいですわね。

これにて一件落着、ということでよろしいかしら。

「スカーレット！」

感慨に耽《ふけ》っていると、両手を広げたアルフレイム様が満面の笑みで駆け寄ってきました。

「芸術的な放物線を描きながら賊の顔面に炸裂した回し蹴り！　天頂に煌《きら》めく三日月のごとく流麗であった！　さすがは私の花嫁――おっふゥ!?」

横から割り込んできたジン様によって、胸に槍の石突を叩き込みまれたアルフレイム様がその場にうずくまります。

悶絶する自国の皇子の前でジン様はしれっとしたお顔で言いました。

「まだ後始末も終わっていない内からはしゃがないでください」

激しい戦いの後にも関わらずツッコミが激しすぎでは、と思わなくもなかったのですが。

身体が鋼鉄のアルフレイム様ならふざけ半分の攻撃程度、猫に撫でられたようなものでしょうし、問題ないでしょう。

「殴る手間が省けました。ありがとうございます、ジン様」

「いえ、こちらこそご助力頂きありがとうございました」

「雑い！　雑いぞ扱いが！　私はこれでも一応一国の皇子なのだがな!?」

やかましいアルフレイム様を無視して空を見上げます。

山々の間からはすでに朝日が昇りかけ、一面闇に覆われていた空は白ずみ、夜は朝へと変わろうとしていました。

やはり高い場所から見る夜明けの景色は格別ですわね。

「良きハイキングでございました。それでは皆様、下山いたしましょう」


山賊を討伐してから二日後の朝。

ジュリアス様とレオお兄様が到着したとの一報を受けた私は、ヴァンキッシュの方々と共にアグニ山の麓《ふもと》まで出迎えに行きました。

合流地点の開けた場所に着くと、そこにはすでにパリスタン王国の馬車と兵が大勢待機しております。

王都まで大量の囚人を運ぶために、たくさん人を連れてきたのでしょう。

そしてその一団の中心には、偉そうな顔をしたジュリアス様が、腕を組んで立っていました。

ジュリアス様は顔をボコボコにされて捕縛されている山賊達を見ると、何かを察したように「うむ」とうなずきます。

「またこちらの狂犬姫が派手に踊ったようだな」

いつもならイラッとするところですが、ハイキングで身体を動かし心身共に満足感に満たされた今の私は、そんな腹黒王子の嫌味も笑顔で受け流すことができました。

ほら、このように私だってちゃんと成長をしているのです。

レオお兄様もきっと、そんな私を見て喜んでいることでしょう。

そう思って視線を向けると、レオお兄様はうつむき両手で顔を覆っていました。

「……私は何も見ていない。何も聞いていない。これは夢だ。夢に違いない」

お兄様ったら、せっかく良い景色ですのに顔を覆ってもったいない。

度重なる事務仕事でお外にあまり出ていなかったものだから、お目目が弱って日差しが眩しいのかしら。

後程日陰からでも是非裸眼で、美しい生の自然の風景を楽しんで頂きたいものですわ。

「見れなかったのが残念だったな、ジュリアス殿！　スカーレットが舞ったのはまさに戦場を舞踏会に見立てた血の舞踏《ダンス》！　それはそれは美しい舞いであったぞ！　同胞《どうほう》達よ、皆もそう思うであろう！」

私の隣に立っていたアルフレイム様がそう叫ぶと、それに続くように周囲の竜騎兵の方々が一斉に歓声をあげます。

「アルフレイム殿下の言う通りだ！」

「戦士である我らも見惚れる程の見事な闘争！　心からの称賛を送りたい！」

「腑抜けだと思っていたパリスタンにも真なる戦士がいたとはな！　見直したぞ！」

「姐さん！　一生ついていきます！」

「業火の花嫁！　真なる竜騎士《エル・ドラッヘ》、スカーレット！　万歳！」

褒めるのは勝手ですが、私はアルフレイム様の花嫁でも竜騎士でもありません。

本当にこの方々は話が通じませんわね、まったく。

「ああ……スカーレットにまたおかしな二つ名が……なぜハイキングに行っただけでこのような事態になるのだ……？　騒ぎを起こされるよりましだと山奥に送り出した私が間違っていたのか……？　うっ、胃が……」

「レオナルド様、こちらもお使いくださいませ」

胸を押さえるレオお兄様に秘書官らしき金髪の女性が胃薬を差し出していました。

繊細なレオお兄様のことです。日々無茶ぶりをし続けるジュリアス様と、話の通じないヴァンキッシュの方々との板挟みによって、ストレスのあまり胸やけを起こされたのでしょう。

ですが、安心してくださいませ。

パリスタンに戻るまではレオお兄様が不遇な扱いを受けぬよう、私がこの目でしっかり、腹黒王子を見張っておきますからね。

「なんだ、その抗議するような目は。言っておくが抗議したいのは私の方だからな。休日返上で急ぎこのようなところまで足を運んだというのに、来てみたらすでに舞踏会は終わっていたのだからな。私の期待を返してもらいたいものだ」

私の視線に気づいたジュリアス様がやれやれと肩をすくめながら、そんなことをのたまいました。

どうせまた私が賊を殴る場面でも見て悦に至るおつもりだったのでしょう。

なんという性根のねじ曲がったお方。

「アルフレイム様といい、国を背負う立場の第一王子であらせられる方々が、こんなにも常識のないおかしな方ばかりだと、大陸の未来が心配になりますわね、ナナカ」

「いや、常識のなさではお前も良い勝負だと思うぞ……うわっ⁉　ひゃめろ！　ほっぺをもむなあ！」

おしおきに嫌そうな顔をするナナカの頬を手でむにむにとしていると、ジン様が一歩前に出てジュリアス様と向き合います。

「賊の引き渡しは終わりました。我々はこれにて失礼いたします。また何かありましたら何なりとお申し付けください。それと――」

「売った恩は忘れるな、とそう言いたいのであろう？」

ジュリアス様の答えに、ジン様は開きかけた口を閉じます。

フッと、微笑んだジュリアス様は髪をかき上げて言いました。

「無償の施しほど恐ろしい物はないからな。対価を望むのであれば、あからさまである方がむしろ信用できるというものだ。そちらが手を借りたい時には、受けた恩に値する程度には報いるとしよう」

その答えに、アルフレイム様が同じく笑みを浮かべながら返します。

「分かっているではないか！　では近い内、存分に恩を返してもらうこととしよう！　頼りにしているぞ、友よ！」

「友誼《ゆうぎ》を結んだつもりはないぞ。あくまで利害一致の協力関係だ。まあ、握手《それ》くらいには応えても罰は当たらんか」

差し出されたアルフレイム様の手をジュリアス様が握り返すと、二人は視線を交差させて無言になります。

そしてどちらともなく手を離すと、互いに背を向けてご自分の陣営の方に戻っていきました。

さて、私もパリスタンの方々と共に自分の国に帰るとしましょう。

そう思い、ヴァンキッシュの陣営からパリスタンの陣営へと歩き出そうとしたその時。

「——スカーレット」

目の前で立ち止まったアルフレイム様が、ひざまずいて私の手を取ります。

最早見慣れたといってもいいその行動の後、アルフレイム様は私をまっすぐ見上げて言いました。

「やはり私の運命は貴女しかいない。再び会えた時には、必ず貴女を嫁にもらう。待っていてくれ、我が愛しの紅薔薇よ」

「……こりませんね、貴方も」

ブン殴ってやろうか、とも思いました、
ですが今までの冗談めかした様子とは違い、今のアルフレイム様は表情も声音も、真剣そのものので。

どうしたものかと迷っていると――

「――勝手に我が国の大切な薔薇《ばら》を摘んでいかれては困るな」

「……ジュリアス様？」

いつの間にか背後にいたジュリアス様が、私を抱き寄せながらそんなことを言いました。

それを見たアルフレイム様は珍しく驚いた顔をした後、フッと笑いながら立ち上がります。

「運命には障害が付き物だ！　そして障害は大きければ大きい程、恋の炎は燃え上がるというもの！　それが一国の王子であるならば願ってもいないことだ！」

「昨日今日一目惚れした程度の軽い想いしか持たぬくせに何が運命か。こちらには十年越しの想いがある。譲ってなどやるものか」

「あの、ちょっと……」

この方々は何を勝手に人を所有物のように奪い合っているのでしょうか。

私は誰の物でもありませんし、この方々の物にもなるつもりは――

「よかろうッ！！！」

アルフレイム様が突然目を見開いて叫びました。その手からは炎が揺らめき、その表情は戦いの喜びからか、獰猛《どうもう》な獣のような笑みを浮かべて歪んでいます。

「ジュリアス・フォン・パリスタン！　貴殿を我が好敵手として認めん！　いざ、スカーレットを賭けて決闘を――はぐぅ!?」

これまた何度見たか分からない光景ですが、横から出てきたジン様がアルフレイム様の腹に槍の石突を叩き込みました。

油断して加護を使っていなかったのか、腹を押さえて倒れ込むアルフレイム様。

ジン様はそんなアルフレイム様を見下ろしながら、呆れた顔で言いました。

「今さっき協力関係を念押しした相手になに馬鹿なこと言ってんですか。さっさと国に帰りますよ」

そしてアルフレイム様の返事も聞かずにご自分の飛竜に乗ると、さっさと飛び立って行ってしまいました。

なんとドライな方なのでしょう。もっとやってこの脳筋をこらしめてください。

「そういうことは槍で突く前に言いたまえよジン……」

痛みに身体を震わせながら、アルフレイム様も黒竜に向かって弱弱しい足取りで歩いて行きます。

そんな二人のやり取りを見て、私とジュリアス様は顔を見合わせてうなずきました。

「ヴァンキッシュの方々は仲がよろしくてほほえましいですわね」

「スキンシップの仕方が少々野蛮《やばん》ではあるがな」

私達がそんな掛け合いをしている間にも、他の竜騎兵の方々は次々に飛竜に乗って空へと飛び立って行きます。

しばらく彼らを見送っていた私は、ふと、つい先程は聞き流していたジュリアス様の言葉を思い出しました。

「ジュリアス様、先程おっしゃっていた十年越しの想いとは一体何のことでしょうか」

「……それは」

ジュリアス様がめずらしく困ったような表情で言い淀みます。

おいそれとは言えないようなことなのでしょうか。

そこまで隠されると、なんだか無性に気になって――


「――スカーレット！」

私達の会話をさえぎるように、上空から響いて来た大声に顔を上げます。

他の竜騎兵の方々の姿がどんどん遠ざかっていく中。

私達の頭上の空に留まっていた黒竜にまたがるアルフレイム様が、手に持っていた槍を天へと突きあげて叫びました。

「また相まみえるその時まで壮健《そうけん》なれ！　さらばだ、我が花嫁よ！」

その声はすぐに飛竜の翼が起こす風に巻き取られて、蒼天に消えていき。

その姿はあっという間に空の彼方へと吸い込まれて見えなくなりました。

「……やれやれ、去り際まで騒々しいことこの上ないとは、まるで嵐のような連中だったな」

肩をすくめるジュリアス様。

この方と意見を合致させるのは癪ですが、ヴァンキッシュの方々の見解については大部分において同意いたします。

「ええ、本当に。私達貴族社会で生きる者とはまるで真逆の、騒がしく、品性も見当たらないような、相容れない方々でした。ですが——」

どこか憎めない、いっそ清々しささえ感じさせる方々だったというのは、口には出さないでおきましょう。

もし彼らの——特にアルフレイム様のお耳に入れば、きっと調子に乗らせてしまうでしょうから。

第四章　これはまごうことなき正当防衛ですわ。

楽しい山賊狩り——ではなく、ハイキングから一月後。

さわやかな汗を流し、溜まっていたストレスをスッキリと解消した私は、実家のヴァンディミオン邸で穏やかな日常を過ごしておりました。

そんなある日の午後。

居間のソファで紅茶を嗜んでいた私は、ふと。

とんでもないことに気がついてしまったのです。

「大変。軽率に殴れる悪人《くそやろう》がもうこの国のどこにも見当たりませんわ」

ゴドウィン様、テレネッツァさんという諸悪の根源である二人をブン殴った時に、なんとなくこの未来は予想はできておりました。

ですが、悪の芽というものは摘み取れど摘み取れど、しぶとく雑草のように生えてくるもの。

なんだかんだと暴力を振るう機会には事欠かないだろうと、そう思っていたのですが——

「優秀な方だとは思っておりましたが、まさかこの短期間で国内にはびこっていた悪人をほとんど一掃してしまうなんて……やってくれましたわね、あの腹黒王子《ジュリアス》」

王国議会に正式に承認を得てからというもの、ジュリアス様が主導する王宮秘密調査室の活躍はめざましく。今まで第二王子派やパルミア教などの陰に隠れて罪を逃れていた悪徳貴族が毎日のように裁かれていきました。

ついにはその下で甘い汁を吸っていた小悪党まで軒並み捕まり、今やパリスタン王国は犯罪がほとんど根絶された清浄な国に生まれ変わったというわけです。

「なにを残念そうな顔をしているんだ。悪人がいなくなったのは良いことだろ」

傍に控えていた執事姿のナナカが、首を傾げて言いました。

「スカーレットだっていつも言ってるじゃないか。暴力を振るうのは世のため人のためだって。だったら今の状況は願ったり叶ったりじゃないのか?」

「そうですわね。ナナカの言う通りです。悪人がいなくなったことで不当に搾取《さくしゅ》され苦しむ人々が救われて、パリスタン王国はとても良き国になりました。素晴らしいことです。ですが――」

ティーカップをテーブルに置き、頬に手を当ててため息をひとつ。

「人が呼吸をしなければ生きていけないように、私にとって人を殴るということは生きていく上で必要不可欠なことなのです。このまま人を殴れない時が長引けば、豚野郎《おにく》ロスのあまり息ができずに窒息してしまうやもしれません。ああ息苦しい、息苦しいわ」

「息をするように人を殴るな。そんなに息苦しいなら窓を開けてやる。ほら」

ナナカが窓を開けると、外から風が入ってきて私の頬にかかっていた髪を揺らします。

心地好い涼しさに、憂鬱だった気持ちがわずかではありますが和らぎました。

「良い働きをしましたね、ナナカ。ご褒美にお昼のおやつをあげましょう。ほら、お口を開けて。あーん」

「子供扱いするな！　いや、ペット扱いか？　とにかくどちらにしろやめろ！」

私の指に摘まれたクッキーを見て顔をしかめながらも、尻尾を左右に振って喜んでしまっているナナカ。

最近、ますますわんこみが増してきましたわね。

かわいらしくて、とてもよろしいかと。

「そういえば今日は、レックスの姿を見かけませんわね。いつもならこれくらいの時間には庭先までやってきて、おやつをおねだりしてくるのに」

「確かに……食い意地の張ったアイツにしては珍しいな」

どこかでお昼寝でもしているのかしら。

せっかくヴァンキッシュ産の特大ビーフジャーキーを用意しましたのに。

「後でなんでおやつに呼ばなかったんだと暴れられるのも面倒だし、呼んで来るか」

「居場所がわかるのですか？」

「どうせ庭のいつもの場所で昼寝でもしてるんだろ。ちょっと待ってろ」

そう言うとナナカは獣化して窓から飛び出して行きました。

まあ、お行儀が悪い。せっかく執事としての働きを褒めたばかりですのに。

これは主人としてしっかり罰を下さなければなりませんわね。

お膝に寝かせて肉球ぷにぷにの刑に。

「それにしても――本当にどうしたものかしら」

国内に殴れる方がいないというのは実際問題困りましたわね。

いっそ国外に渡って……とも考えましたが、王族に連なる公爵家の人間という私の立場上、他国で誰かを殴ったら国際問題にもなりかねません。

都合良く他国で、殴っても問題がなさそうな悪党の方が、言い逃れ不可能なほどの罪や侮辱《ぶじょく》を私に対して働いた。

というのであれば話は別なのですが。

「はぁ……どこかに合法的にブン殴れる豚野郎が転がっていないものかしら」

そんなことをつぶやきながら、ナナカが出て行った窓の外を眺めていると――

「スカーレット！　レックスが！」

獣化した姿のまま、慌てた様子でナナカ戻ってきました。

先ほどまでとは打って変わって切迫したその様子に、不穏な気配を察した私は、すぐさま椅子から立ち上がります。

「レックスに何かあったのですか？」

「レックスが……いや、何て説明したらいいか……とにかくついて来てくれ！　直接見たほうが早い！」

再び窓から出て行くナナカを追って、私も窓枠を飛び越えます。

お兄様が見たら「年頃の淑女《しゅくじょ》がなんと行儀の悪い！」と怒られてしまいそうですが、レックスの緊急事態のようですので、ここはひとつ、脳内お兄様には胃薬を手渡して目をつむっていただくとしましょう。

「こっちだ！」

邸宅を囲う広い庭園を駆け抜け、背の高い植物が立ち並ぶ奥——開けた芝生が広がる場所へ出ます。

日当たりが良く、風通しも良い、日向ぼっこをするにはまさに最適なその場所でナナカは立ち止まりました。

一呼吸遅れて追いついた私はナナカの視線の先で、尻尾を食み円を描くように大きな身を丸め、横たわっている赤い飛竜の姿を見つけます。

「レックス……？」

その飛竜——レックスの体からは、湯気《ゆげ》のような大量の白い蒸気とともに濃密な魔力が湧き上がっていました。

「最初はいつものように昼寝してるのかと思ったんだ。でも、いくら声をかけても起きなくて、叩き起こしてやろうとしたらいきなりこうなった」

ナナカが話している間にも蒸気は噴き出し続け勢いを増し、やがてレックスの体を包み込んでしまいます。

どうやらのんびりと経過を見守っているわけにはいかなそうですわね。

「何が起こっているのかはわかりませんが、このまま放ってはおけません。とりあえず〝遡行《そこう》〟の加護を使って元の状態に――」

手をかざし加護を発動しようとした私ですが、とある考えが頭をよぎり取りやめました。

レックスに今起こっている謎の現象――これと似たようなものを、私は何度も見たことがあります。

ナナカも同じことに思い至っていたのでしょう。

私を見てうなずくと、吹き上がる蒸気に顔をしかめながら、言いました。

「……スカーレットも気づいたか。僕もまさかとは思った。でもこれは間違いない。これは――僕が獣化した状態から人化する時と同じ現象だ」

蒸気の霧が薄れていくとともに、放出されていた魔力が霧散していきます。

視界が明瞭となったその場所には、見慣れた大きな飛竜の姿はどこにもなく――

「……幼き頃、博識な家庭教師の先生に教わったことがあります。ヴァンキッシュの皇族を守護する飛竜の中には稀に、特異な力を持った変異種が存在すると」

――そこにはナナカと同じくらいの背丈をした、赤髪の少年が裸で横たわっておりました。

「人と契約を交わし、人化することができる竜――竜人族。レックス、貴方がそうだったのですね」

ヴァンディミオン邸に隣接する使用人が寝泊まりする館。

その空き部屋のベッドにレックスを寝かせた私は、さらに思いもしていなかった事態に直面することとなりました。

「――〝遡れ〟」

ベッドの上に仰向けで寝ているレックスの胸に両手を当て、遡行《そこう》の力を発動。

私の手の平から燐光《りんこう》が溢れると、レックスの体内の時が巻き戻ります。

汗ばみ、青ざめた顔をしていたレックスは、次第に穏やかな表情へと戻っていきました。

しかし――

「……やはりダメですか」

十分後。レックスは再び荒い息を吐きながら苦しそうに顔をゆがめます。

庭園で発見した時から、部屋に運び込み治療を開始してから一時間。

最初は治癒魔法を試しましたが効果が見られず。

遡行《そこう》の加護をかけ続けるも、一時的に体調が治ってはまた悪化してを繰り返しています。

「遡行《そこう》の加護が効かないなんて……そもそも飛竜が人化するなんて話、聞いたことがないぞ」

ナナカが困惑した表情でそう言いました。

知らないのも当然です。

ヴァンキッシュにしか生息していない飛竜に関しては、その生態のほとんどが一般的には知られていませんから。

「……人化する竜。おとぎ話の類かと思っておりましたが」

額に流れるレックスの汗をハンカチでぬぐいます。

近くで見ると、その体からは常に微量の魔力が漏れ出ているようでした。

なぜそうなっているのかはわかりませんが、これもレックスの体調が悪化している原因のひとつなのかもしれません。

「どうする？　医者を呼ぶか？」

「いえ、治癒魔法でも遡行《そこう》の加護でも治らない状態です。残念ながら現存する医療では気休め程度にしかならないでしょう」

「そうか……こんな時にジュリアスかレオナルドがいれば、何かいい考えを出してくれそうなのに。極秘任務中で通信もできないなんて」

先日ジュリアス様から私宛に届いた手紙にこう書いてありました。

『極秘任務で一か月ほどレオを借りていく。通信が封鎖された場所故、しばらく連絡が取れなくなるだろう。私が観察できない間、くれぐれも愉快なことを起こさぬように。見逃してはもったいないのでな』

お二方が関係しているということはおそらくは王宮秘密調査室の任務なのでしょう。

ちなみに後半部分を読んだ瞬間、イラッとして手紙を握り潰したのは言うまでもありません。

「……仕方ありません。多忙なお二方ですから」

我が家にとってレックスは最早家族も同然ではありますが、対外的にはペットと同じ扱い。

たとえジュリアス様やレオお兄様と連絡が取れたとしても、飼っているペットの体調が悪いのですがどうしたらいいでしょうか？　などという理由で、お二方の重大な任務に水を差すことなどできないでしょう。

今私達ができる範囲のことで、どうにか解決するしかないのです。

「はぁ……元の飼い主にでも聞けば何か知っているのかもしれないけど、今から手紙を出してもいつ届くのかわかったものじゃないし、かといって直接聞きに行くわけにもいかないし、どうすれば――」

ナナカのその言葉に思わずパチンと、手を叩きます。

「その手がありましたわ」

「……え？」

手元に置いてあった呼び鐘を取って鳴らします。

すぐに部屋の外からセルバンテスの声が聞こえてきました。

「いかがなさいましたか、スカーレットお嬢様」

「ナナカと一か月ほど旅行に行ってまいります。支度をお願いね」

「承知いたしました」

流れるような私とセルバンテスのやり取りに、ナナカが慌てた様子で言いました。

「お、おい。まさか……」

なぜすぐに思いつかなかったのでしょう。

レックスの体調も治せて、あわよくば私の溜まりに溜まった暴力ロスも一挙に解消できる場所が、我が国の目と鼻の先にあったではありませんか。

「そういえばナナカには言っていませんでしたね。私宛に送られてきた手紙は、実は二通あったのですよ」

「会話の流れからなんとなく誰からの手紙か想像できるけど……あっちの皇子も懲りないなホントに」

ジュリアス様の手紙とともに届いていた、こちらは読むなり二秒で握り潰したもう一枚の手紙。

そこには本人の豪胆な性格を表すかのように大雑把な文字で、こう書いてありました。

『おお、我が愛しの姫君スカーレットよ！　私が恋しくなったなら、いついかなる時であっても会いに来るが良い！　たとえ幾千幾万の敵が立ちはだかろうとも！　この身に幾千幾万の矢が突き刺さろうとも！　両手を広げて出迎えに行こう！　貴女をこの手で抱き締めるために！』

決してあの方が恋しくなったわけではありません。

それどころかもし抱き締めようと両手を広げてきたなら、その無防備な顎に拳を思い切り叩き込む気ですらいます。

ですが歓迎してくれるというのであれば好都合です。ここはお言葉に甘えるとしましょう。

「どこへ行かれるご予定ですか」

セルバンテスの声に、微笑みをもって答えます。

「竜が住まう国――ヴァンキッシュ帝国ですわ」

◆◆◆

私――テレネッツァ・ホプキンスの目が覚めると、そこには霧がかった真っ白な空間が広がっていた。

「ここは……パルミアの世界？」

まだ私が日本生まれの女子高生、姫宮テレサだった頃。

突然降ってきた落雷で死んだ直後に、女神を名乗るパルミアに魂を呼ばれた場所が、確かこんなところだったわね。

あの時は「私が腹立ちまぎれに落とした雷で殺しちゃってごめんなさいね！」なんてパルミアが言うものだから、相手が神様なのも忘れて「どうしてくれんのよ！」って本気で怒ったっけ。

だってあの日はずっと前から楽しみにしてた新作乙女ゲーム『Eternal My Dear～月と太陽のロマンシア～』の発売日だったんだもの。

いくら女神でも怒られて当然よね？

まあその後、そのゲームの世界に主人公として転生させてくれるっていうから、渋々許してあげたけど。

って、ちょっと待って？　この場所にまた呼び出されたってことはもしかして――

「もしかして私、死んじゃったの⁉」

大聖石の前でスカーレットに殴られて、ビルの三階くらいの高さまで宙を舞ったところまでは覚えているのよね。

でもそこからの記憶がまったくないわ。

あの高さから落下したら、いくらパルミアの加護で身体が多少強化されてるとはいえ死んだっておかしくない。っていうか――

「世界一可愛い私の顔を思いっきりブン殴るなんて……！　絶対に許せない！」

思い出しただけでもはらわたが煮えくりかえる。

だってあの女さえいなければ私の計画は完璧だったのよ。

ディアナが持つ時空神の加護を奪って、一番の食わせ物で厄介だった第一王子ジュリアスだって私の足元に屈した。

後は王都に戻り、パルミア教の連中を引き連れて、魅了《みりょう》の力で城を奪い取るだけだったのよ。

それなのに、最後の最後でスカーレット——あのクソ女が全部めちゃくちゃにした。

たくさんの困難を乗り越えて、ようやく今度こそ、この世界のヒロインとして文句なしのハッピーエンドを迎えられるはずだったのに……！

「あの悪役令嬢……！　この借りは一万倍にして返してやるんだから！」

今回は私の負けよ。それは認めてあげる。

でも私はゲームのヒロインであり、主人公。

死んでこの白い空間に呼ばれたってことは、また人生をやり直せるってことでしょ？

だったらもう同じ轍《てつ》は踏まないわ。

「見てなさいスカーレット！　次に転生した時は今度こそ、アンタの取り巻きの男どもを全員魅《み》了《りょう》の加護で奪い取って、私のハーレム要員にしてやるわ！　ざまぁされたアンタの悔しさに歪む顔を見るのが今から楽しみね！　おーっほっほっほ！」

……って、私、前も似たようなことを言わなかったっけ？

ま、まあいいのよ。こういうのはちゃんと口に出してハッキリ意識するのが大事なんだから。

「パルミア様！　どこにいるの！　もう一度私を転生させなさい！」

大声で叫ぶと、私の声に反応するみたいに前方の霧が晴れていく。

晴れた視界の先には、人をすっぽり納められるくらいの大きさの二枚貝が置かれていた。

「多分この中よね……？　ねえ、パルミア様。いるんでしょ。出てきなさいったら」

貝に近づいて呼びかけると、ギギッて鈍い音を立てながら、ゆっくり貝の上蓋が開く。

その中には薄桃色の衣をまとった女――女神パルミアが横たわっていたわ。

この女……！　あっちの世界で私がボコボコに殴られてたってのに、自分は貝殻《かいがら》のベッドで優雅にお昼寝ですってて？

「ちょっとアンタ！　何のんきに寝転がって――え？」

問い詰めようと思って駆け寄った私は、パルミアの顔を見て自分の目を疑っちゃった。

「誰よこのおばあちゃん……」

シミはおろか、しわひとつなかった、人類の女子なら誰もが嫉妬《しっと》するようなみずみずしい真っ白な美肌は乾燥してカサカサに。

額には深いしわが刻まれて、頬や目元は痩せこけて垂れさがり、その顔はまるで八十歳を過ぎたおばあちゃんみたいだった。

「ひ、人違いだったみたい。ごめんなさい、おばあちゃん。じゃあね……」

「……美の女神であるこの私を、勝手におばあちゃん扱いしないでもらえますか」

立ち去ろうとしたら、しわがれた声で呼び止められた。

やっぱりパルミアだったんだ。他人事ながら、なんだかショック。

だって今の私――テレネッツァの顔ってパルミアの顔をそのままコピーしたものなのよ。

それがいつかこんな風によぼよぼになるのかと思うと、嫌な気分にもなるってものでしょ？

まあ、そんな五十年後や六十年後のことなんて、今はどうでもいいけど。

「どうしたのよその顔。もしかして、それがアンタの本当の顔だったりして？」

「っ！　そんなわけないでしょう！　これはね！　パルミア教が崩壊したことで急速に地上での信仰心が失われ、さらに罪が告発されたことで私への憎悪が高まり、〝愛〟が失われて神としての格が堕落《だらく》したせいよ！　こんな美しくない姿が私であるわけがない！　ふざけたことを言うのも大概にしなさい！」

突然ブチギレ出したんだけどこのおばあ……じゃなかった、女神様。こわ。

「こうなったのも全部パルミア教の人間が、使えない無能のクズだったせいよ！　そうじゃなきゃこの美と愛の女神パルミアがこんな無様な姿をさらすことなんてなかったはずだもの！　ええ、そうよ！　そうに決まっているわ！」

うわぁ……多分これがこの女神の素よね。

どんだけ自己評価高いのよ。キモ。

っていうか自分を信奉してた信者を無能のクズ呼ばわりって、前から薄々は思っていたけどやっぱりこの女も性格最悪じゃない。

スカーレットといい、パルミアといい、この世界の女は悪女しかいないのかしら？

見た目も心根も可愛いの権化《ごんげ》であるこの私を見習ってほしいものね。

「まあまあ。そんなに怒らないでよ。あの人達だって、それなりに頑張ってたじゃない。一回や二回の失敗誰にだって――」

「その中でも特に姫宮テレサ！　貴女はこの私があれだけ力を与えて助言までしたというのに、なに？　あのザマは。まったく使えないにもほどがあります！　貴女ほど愚鈍《ぐどん》で間抜けで無価値な人間のクズは人類史が始まって以来初めて見たわ！　このクズ！　クズクズクズゥ！」

「はあっ⁉」

ぷっつーん。はいキレた。キレました堪忍袋の緒が。

人が大人しくしてればつけあがって、何様よこのババア！

「誰がクズですって、このクソババア！　そもそも私が負けたのはアンタから受け取った力がクソザコだったせいなんですけどぉ⁉」

「く、クソババア……？　い、今のは私の聞き間違い……？　人間風情が、女神であるこの私をクソババアですって……？」

しわだらけの顔を引きつらせるパルミア。

なんて醜いのかしら。一周目のテレネッツァの人生の時、こんなババアに神託とかいって夢の中でずっと偉そうな態度を取られてたかと思うと、余計に腹が立ってきたわ！

「なぁにが『私の魅了《みりょう》の加護と祝福を受けた魔道具の数々さえあれば、パリスタン王国での逆ハーレムライフなんてヌルゲーですよぉ。大船に乗ったつもりでいてくださいね！』よ！　魅了《みりょう》の加護はあっさり腹黒王子《ジュリアス》に無効化されるわ、魔道具も悪役令嬢《スカーレット》にはまったく通用しないわ！　とんだ泥船掴まされたわ！　マジ最悪！」

あーもう、こいつのせいで思い出したくもない記憶をまた思い出しちゃったじゃない！

「こんなことなら別の神様に加護をもらった方が万倍良かったわよ！　魅了《みりょう》の加護ぉ？　あんな雑魚にしか効かない加護だけ持たされて異世界転生とか、ヌルゲーどころか難易度ウルトラハードもいいところでしょ！　あー、味方に足引っ張られるのつらっ！　つっっっら！！！」

「こ、この……！　地味で根暗なブスだったくせに、誰のおかげで今の身体を手に入れられたと——ゴホッゴホッゴホッ！　ゲホッゲホッ！　ウエッッホ！　ゴッホォ！！！」

地面に頭を伏して激しくせき込み出すパルミア。

仮病使って誤魔化そうとしてんじゃないわよ！　って言おうと思ったけど、ちょっと尋常じゃないんですけどこのせき込み方。

「ちょ、ちょっと、大丈夫……？」

まだまだ言い足りなかったけど、こんな姿を見たらさすがにこれ以上いじめるのはちょっと可哀相になってきたわ。だってこいつ見た目はただのおばあちゃんだし。

「ほら、歳なんだから無理しちゃダメじゃない。血圧上がって血管ちぎれるわよ」

「こ、このクソ人間……！　この期に及んでまだ女神である私をバカにして……！　こんなに性格が悪い人間、世界中を探しても見た事がないわ……！」

「失礼しちゃうわね。私ほど性格の良い人間なんて日本にもロマンシア大陸にも、どこにもいないわよ」

ようやく咳が治まったパルミアは、私を恨めしそうに見ながら「はぁ」って、呆れたみたいにため息をついた。なにそれ。ため息をつきたいのは私の方なんだけど。

「もういいです。いまさら何を言っても結果は覆りませんから。今回は愛しのクロノワに少しでも私のことを意識してもらえただけで、良しとしましょう。うふふ」

パルミアがくしゃくしゃの顔を緩めて笑う。良く分からないけど、機嫌が直ったみたい。

色々言いたいことはあるけど、面倒くさいしもうどうでもいっか。

そんなことよりもさっさと次の転生よ転生。

「そうそう。今回のことは教訓にして、二周目に活かせば良いのよ。それじゃ、早速次の転生の準備を始めてくれる？」

私の言葉に、パルミアはきょとんとした表情になった。

「はい？　二周目？　転生？　一体何を言ってるんですか貴女は？」

「えっ？　だって私は死んでこの世界に呼ばれたんじゃ……」

「貴女は死んでいませんよ。まだ生きています。今頃は治療されて、どっかの牢屋にでもいるんじゃないですか？」

「なんですって……？」

ということは、すべて失って追い詰められた状態からまた逆転しないといけないってこと？

いくら主人公とはいえ、このシナリオ、私に試練を与えすぎじゃない？

さっきは冗談でパルミアに言ったけど、本当にウルトラハードモードじゃない。

「ちなみに私の世界に貴女が来たのは本当に偶然です。貴女は私が作り出した存在なので、殴られて半死半生になった後、抜け出た魂が救いを求めて私のもとまで引かれてきたのでしょう。まったくいい迷惑ですよ。こっちは二度と見たくなかったのに。まあそれもこれで最後ですが」

そう言うと、パルミアは目を閉じて貝の中で猫みたいに体を丸めた。

それと同時にゆっくり貝殻《かいがら》の上蓋が閉まっていく。

まるで、これでお別れだとでも言うみたいに。

「ちょ、ちょっと待ちなさいよ！　さっきは言いすぎたわ！　ごめんなさい！　謝るから機嫌を直して？　次はきっとうまくやってみせるから、また一緒にクロノワとスカーレットをやっつけましょう！　ね!?」

「うるさいですね……言ったでしょう、力を失ったと。私はこれから堕ちた神格を取り戻すために千年の眠りにつきます。地上にある私の加護も、魔道具も、すべて力を失って消え去ることでしょう」

パルミアの加護も、魔道具も、消える……？

魔道具はとっくに没収されてるだろうからどうでもいいとしても。

魅了《みりょう》の加護が、もう使えなくなる……？

「そんな……それじゃ私はどうやってこのゲームをクリアすれば……」

「良かったですね？　泥船から私という重しがなくなって。ウルトラハードモードも、ハードモードくらいにはなるんじゃないですか？　後は好きに生きて、適当に死んでください。二週目なんてありませんよ。死後、他の世界から呼び出された貴女の魂はもう二度と転生することはなく、そのまま無に消えることでしょう。あはっ」

「ふ、ふざけるんじゃあないわよ！　イカレてんの!?　貴女このゲームの神様《マスター》でしょ！　プレイヤーを見捨てて進行を放棄するなんて無責任にもほどが――」

詰め寄る私にパルミアは眠たげな目を開けると、哀れなものでも見るかのような顔で私を見た。

「――貴女、まだここがゲームの世界だと思っていたんですか？」

「……え？」

私の呆然としたつぶやきを断ち切るみたいに貝の蓋がバチンと閉じる。

その瞬間、真っ白だったパルミアの世界は、部屋の電気を落としたみたいに真っ暗になった。

「なによ、それ……あれはゲームの世界……じゃ、ないの……？」

真の闇に覆われた真っ黒なパルミアの世界の中で、私のつぶやきが空しく響き渡る。

意味が分からない。だって、アンタが前に言ってたんじゃない。

ゲームの世界に転生させてあげるって。

「これは夢……？　そうよ、私、夢を見ているのよ」

私を誰だと思っているの。このゲームの主人公よ。

さあ、早く起きて、テレネッツァ。

イケメンな王子様を攻略して、世界一幸せなお妃様になるんでしょ？

そのために私はこの世界に――

「――無知で愚かな我が愛し子、姫宮テレサ」

薄れていく意識の中、耳元でしわがれた女のささやく声が聞こえた。

「〝夢〟から覚めた貴女の顔が、絶望に歪むその様を見られないのが残念だわ。それでは、さようなら。永遠に――」

その声は、とても嬉しそうだった。

心の底から、私の不幸を喜んでいるみたいに。

◆　◆　◆

原因不明の不調に苦しむレックスを救うため、ヴァンディミオン邸を馬車で出発してから一週間が経ちました。

ヴァンキッシュとの国境近くにある東の街、メンフィスを通り過ぎた私達は、休息もほどほどに、以前ハイキングでも訪れたアグニ山のさらに奥――中腹辺りを進んでおります。

舗装《ほそう》されているとはいえ山道は荒く、車輪が石を噛むたびにガタンゴトンと車内を揺らしました。

「うぐっ……」

私に膝枕をされているレックスが、苦しそうにうめきます。揺れが体に響くのでしょう。

「もうすぐ貴方の故郷に着きますからね。あと少しの辛抱ですよ」

レックスに治癒の魔法をかけながら、頭から突き出した二本の角を避けつつ、クセのある赤い髪を優しく撫でます。

裸のままでは可哀相なので、ナナカが普段着にしている子供用の半袖シャツと短パンを着せたのですがサイズがぴったりでした。

人化する前は竜の中でも巨大な七メートル級に分類される大きさだったのに、これはどういった仕組みなのでしょう。

伝え聞く話によれば、竜の寿命は数百年とも千年とも言われていますし、一見子供にしか見えないレックスも本来は私よりもずっと長命なのかもしれませんが。

そんなことを考えながら、レックスの額に浮かんだ汗をハンカチでぬぐっていると、対面に座り窓の外を眺めていたナナカがつぶやきました。

「……野生の飛竜の数が多くなってきたな」

時折馬車の走行音に交じって屋根の上から羽ばたく音や、鳴き声が聞こえるとは思っておりましたが、やはり飛竜のものでしたか。

パリスタンの領内にまで我が物顔で侵入してきているだなんて、悪い子達ですわね。

まあ、野生の飛竜に人間が勝手に作った国境を守れというのもおかしな話ですが。

とりあえず、もし襲われたとしてもすぐにパンチで迎撃できるように、手袋の準備をしておきましょう。

「飛竜の姿を見かけることが増えてきたということは、ヴァンキッシュの国境とはもう目と鼻の先ですわね」

窓の外から視線をナナカに移します。

ハイキングの時とは違って、ここから先は観光気分で行くわけには行きません。

「私達はパリスタン王国の特使《とくし》として許可を取っているわけではなく、非公式に訪問をしに行く立場です。どんなことが起きても取り乱さぬように、気を引き締めていきましょう」

「アルフレイムとは協力していても、パリスタンとヴァンキッシュの国家間はまだ緊張状態だもんな。わかった、油断せずに行く」

そう言った後、ナナカは私の膝の上で苦しそうにしているレックスに視線を落とします。

「……今だけはそこを譲ってやる。だから頑張れ」

フン、と鼻を鳴らして仏頂面をしてはいますが、その言葉にはレックスを心配する優しさが見て取れました。

「良い子ですね、ナナカは。普段喧嘩ばかりしている相手なのに、調子が悪い時はちゃんと気遣ってあげられて」

「別に。こいつを心配してるわけじゃない。こいつの調子が悪いとスカーレットが悲しむだろ。それが嫌なだけだ」

ふふ。私はわかっておりますよ。

二人は決して仲が良いわけではないとは思いますが、お互いがお互いのことを深く理解し合っている相棒のような関係だということが。

今も憎まれ口を叩いて、一見仲が悪そうに見えます。

ですが、姿が見えなくなったレックスの居場所をすぐに見つけ出したのも、汗をかいた服の着替えや、水を飲ませたりと身の回りのお世話を率先してやってくれたのも、全部ナナカでしたものね。

「急ぎましょう。レックスの調子が悪いと私だけではなく、我が家の皆が悲しみますから」

私の声に答えるように、馬車がガタンと強く揺れました。

それから一時間ほど経って、馬車は動きを止めました。

外では御者《ぎょしゃ》の方が別の方とお話ししている声が聞こえてきます。

どうやらヴァンキッシュの国境検問所に到着したようですわね。

「降りますよ、ナナカ」

「ああ……いや、ちょっと待て。なんか揉めてるみたいだぞ」

耳をぴくぴく動かして、緊張した表情をしているナナカ。

獣人族は耳が良いので、外の会話を聞き取ったのでしょう。

「元より一筋縄ではいかないとは思っておりましたが早速揉め事とは困りましたわね」

「その割には顔が嬉しそうだけどな……」

馬車を降りると、そこには頑丈そうな大きな鉄の門を中心に、左右に物見塔を備えた検問所がそびえ立っていました。

門の前には槍を持った軽装の衛兵の方が二人立っていて、私達が乗ってきたヴァンディミオン家の馬車の御者《ぎょしゃ》と話し合っております。物見塔にも人の気配はありますが、あの広さであれば検問所に控えている兵の数は多く見積もっても三十人程度でしょう。

「いざとなれば数分もあれば制圧できる規模ですわね」

「いざとなるな。なんで最初から暴れる前提なんだ……レックスを治療しに来たってこと忘れるなよ？」

「まあ、ナナカ。もしや貴方、私がレックスの治療を口実に、合法的に暴れられる相手を探しにヴァンキッシュまで来たと思っていませんか？」

「いや、レックスのことは本気で心配してるんだろうとは思うけど、それも理由として正直あるんじゃないかって思ってる」

この子《ワンコ》……いつの間に私の心まで読めるように？

「離れた人同士の会話に留まらず、私の心の声まで聴きとってしまうなんて……ナナカ、恐ろしい子。これも獣人族の優れた五感がなせる技なのかしら」

「普段のスカーレットを見ていたら誰でも予想がつくと思うけど」

実際のところ、ナナカが思っていることは概ね当たっております。

ここに来た理由のひとつとして、気軽にボコボコにブン殴れるお相手を探しに来たということは否定しません。ですが当然、私の趣味嗜好よりもレックスを回復させることが最優先です。

それを妨げようとする者があれば、たとえ多少の問題になろうとも暴力を振るうことも止む無し、と思っております。

「おい！　お前達！」

高圧的な物言いの衛兵二人組が、我が家の御者《ぎょしゃ》を突き飛ばしてこちらに歩み寄ってきました。

早速ブン殴られる気満々の――ではなく、立ち塞がる気満々の方々が現れましたね。

彼らは私達を見るなり面倒くさそうな顔で、シッシッと虫でも追い払うように手を振りました。

「現在皇帝陛下の命により、許可の出ている者以外の検問所の通行はすべて禁止となっている」

「今日、客人がここを通るという知らせは受けていない。高そうな馬車に乗りやがって……どこの国のボンボン娘かは知らんが、さっさと消え失せろ。この槍の柄で尻をひっぱたかれたくなければな」

思わずブン殴ってこの大地から消え失せて頂こうかと思いましたが、寸前のところでこらえました。

淑女《しゅくじょ》たるもの、初対面の方にはまずは優雅にご挨拶ですわ。

「ごきげんよう、ヴァンキッシュの衛兵の方々。そう言わずに、どうか私のお話を聞いてはいただけませんか？」

スカートの裾を摘まみ、恭しく腰を落としてお辞儀をします。

脅しに動じない落ち着き払った私の態度に、衛兵の方々が顔をしかめました。

「なんだこの女、妙に落ち着いていやがる」

「おい待て。銀髪碧眼の貴族令嬢……どこかでそんな特徴の女の話を聞いたことがあるような」

チラチラとこちらに視線を送りながらブツブツとつぶやいている衛兵のお二方。

さてどうやって通していただきましょうかと考えを巡らせていますと。

隣に立っていたナナカがこっそりと私に耳打ちしてきました。

「おい、わかってると思うけどここで騒ぎは……」

「大丈夫です。私がいつまでも肉体言語の交渉しかできないと思ったら大間違いですわ。まあ、見ていてくださいな」

幼き頃、私の家庭教師だった先生は言いました。

自分の中だけでなく、敵の中に学べと。

ここはひとつ、かつて敵だったクソ女《テレネッツァ》の技をお借りするとしましょう。

「実は我が家の客人だったヴァンキッシュの方が原因不明の病気にかかってしまいまして……」

両手を組み、憂いを帯びた上目遣いで衛兵の方に訴えかけます。

「本国のヴァンキッシュであれば、治療法が見つかるやもと思い、藁《わら》にもすがる思いで訪れたのです。どうか通していただくわけにはいきませんか？　もちろんお礼はたっぷりとさせていただきます」

私に見つめられた衛兵のお二方は満更でもないように顔を赤くします。

お礼をしますの後に、ついいつものくせで拳で、と口走ってしまうところでした。

危ない危ない。

「ど、同胞《どうほう》が病気か……」

「そ、そういうことであれば……」

鼻の下を伸ばした衛兵の方々がそわそわしながらそう言いました。

思っていた通り、うまくいきましたわね。

私だって、その気になれば暴力に頼らずとも問題を解決できるのです。

ただ、暴力を振るったほうが手っ取り早く気持ち良いというだけで。

「どうです、ナナカ。私も成長しているのですよ」

「うん。良くやった。良くやったんだけど、なんか釈然としないのはなんでだろう……」

可哀相に。毎回私が拳で解決するものだから、感覚がマヒしてしまっているのね。

後でたくさんよしよししてあげましょう――と、和んでいたその時でした。

門の方からさらにもう一人の衛兵の方が慌ててこちらに走ってきて叫びます。

「おい！　何をやっている貴様ら！　さっさとそいつらをここから追い出せ！」

走ってきた方を見るなり、私と話していた衛兵の方々が慌てて敬礼をします。

どうやらお二方の上官の方のようですわね。

「ですが隊長、どうもこの連中、連れてきたヴァンキッシュの同胞《どうほう》が病気で、そいつを治療しにここまで来たらしくて――」

「関係あるか！　許可を得てない者を勝手に通したとヴァルガヌス様に知られてみろ！　俺も含めて貴様らも一発で首が飛ぶぞ！　比喩じゃない！　物理的にだ！　今こうして部外者と会話していることすら処刑される理由にされかねないんだぞ！　死にたいのか貴様ら！」

その話を聞いた途端、衛兵のお二方の顔が青ざめます。

そして、先ほどとは打って変わって必死な様子で私達に言いました。

「だ、ダメだダメだ！　帰れ帰れ！　貴族の令嬢なら正式に国に通行の許可を得てから来るんだ！」

「そもそもお前達の素性をまだ聞いてないぞ！　自らの名も明かさずにこっそりと検問を通ろうと

するとは怪しいヤツらめ！」

「同胞《どうほう》が病気というのも嘘だろう！　危うく騙されるところだったわ、この悪女が！」

一斉にまくし立て、槍の穂先を私に向けてくる衛兵の方々。

結局こうなってしまいましたか。

残念なような、望み通りのような。

「はぁ……慣れないことはするものじゃありませんね。ナナカがさっき複雑な表情をしていた気持ちが、私にも良くわかりました」

「うん。その割には僕とは違って顔が思いっきり笑ってるけどな」

やはりこういう揉め事には暴力が一番、ということですわね。

暴力はすべてを解決する。良くわかりました。

「それでは心苦しくはありますが――いつも通り、殴《や》らせていただきますわ。みなさま、飛竜のように空を舞う覚悟はよろしくて？」

拳をシュッシュッと素振りしながらうずうずしている私に、ナナカが達観した顔になります。

「こうなるんじゃないかとは思っていたけどな……いつも通りの展開に心のどこかでホッとしている自分が嫌だ」

「ふふっ。ようやくナナカにもヴァンディミオン家の流儀がわかってきたようですね」

「この場にレオナルドがいたら秒で否定されてるからなそれ……おい、お前達」

前に歩み出たナナカに、衛兵の方々が警戒するように槍の穂先を向けます。

「僕達は揉め事を起こす気はない。見ろ」

ナナカは懐から一枚の手紙を取り出すと、それを衛兵の方々の眼前に突きつけます。

「これはヴァンキッシュ帝国の第一皇子、アルフレイム皇子から、ここにいるヴァンディミオン公爵家のご令嬢、スカーレット・エル・ヴァンディミオンに個人的に届けられたものだ」

手紙の封にはヴァンキッシュ帝国の皇族を証明する印が押されています。

あれは……ハイキング以降、週に一度私に届いていたアルフレイム様からの恋文ですね。

最初にそれを目にした時は、一行目から最後の行に至るまで余すことなく『貴女は私だけの輝ける星《ステラ》』だの『この世で最も尊い我が愛しの想い人』だの、胃もたれするほどの恥ずかしい詩《ポエム》が延々とつづられていたので読まずに捨てようとしていました。

しかしナナカの「一応、何かあった時に弱みとして使えるかもしれないだろ」との言葉を聞いて、捨てるのをやめて渋々執事のセルバンテスに保管してもらっていたのですが……持ってきていたのですね。

「この名状し難い手紙が示すようにスカーレットはアルフレイム皇子にたびたび求婚されており、手紙の文中にはそれはもうしつこいくらいに『いつでも我が胸に飛び込んで来い！』と書いてある。よって、僕達が来たことをアルフレイム皇子の関係者の誰かに伝えてもらえれば、絶対に通行の許可が下りるはずだ。むしろ追い返しなんかしたら、後であの皇子、ここら中一面を焼け野原にするくらいに大暴れするぞ。それでもいいのか？」

さすがは我が家の執事。

あらかじめ手紙を準備しておいた用意周到さもさることながら、相手に有無を言わせずにこちらの要求を押し通そうとする手管も見事なものです。

この無礼な方々をブン殴れないことは口惜しいですが、精々槍の穂先を向けられた程度では、国際問題に抵触せずに他国で暴れられるかどうかは怪しいところでした。というわけで、今だけは貴方達を見逃して差し上げましょう。運が良かったですわね。

そう思い、握り込んでいた拳から力を緩めようとしたその時――

「アルフレイム、だと……？」

衛兵の方の一人が唸るような低い声でつぶやきました。

「……こいつら、何か様子がおかしいぞ」

剣呑な雰囲気を察したナナカが後ずさり、懐に忍ばせていたナイフに手を伸ばします。

しかしナナカが身構えるよりも早く、衛兵の方々は一斉に槍を構え直していました。

先ほどのよそ者に警告を促すためにとっていた態度とは違い、その目には私達に対する明確な敵意が浮かんでおります。どうやらやる気のようですわね。

「残念ですわ。私としてはこのまま穏便に通していただきたかったのですが」

「嘘をつけ、宙を舞わせる気満々だったくせに。というか、どうしてこうなった……名前を出した途端、自国の衛兵に敵意を剥き出しにされるとか、あの脳筋皇子《アルフレイム》は一体何をしでかしたんだよ」

「アルフレイム様をみくびってはなりません。対面せずに週一で届く手紙でのやり取りですらブン殴りたいと思うほどに人の神経を逆撫でするお方です。頻繁に顔を合わせている自国の方が敵意を抱くのも仕方ないことでしょう。それにそもそも今ヴァンキッシュは——」

——後継者争いの真っ最中。

衛兵の方々がアルフレイム様と敵対している派閥の息がかかっているという可能性も考慮に入れるべきでした。裏を取らずに軽率にアルフレイム様の名前を出したのは失敗だったかもしれませんね。

「……すまない」

ナナカもそのことに思い至ったのでしょう。

口元をきゅっと引き締めて悔しそうな顔をしています。

「良いのですよ。貴方なりに私の立場も考えた上で状況を良くしようとして動いてくれたのですから」

慰めようとナナカの頭に手を伸ばすと、それを遮るように衛兵の方が叫びました。

「そうだ、思い出したぞ！　アルフレイム皇子が一目惚れをしたというパリスタン王国の公爵令嬢！　銀髪碧眼で確か名前がスカーレット・エル・ヴァンディミオン……！」

お隣の国の衛兵の方までご存じだなんて。私も有名になったものですわね。

覚えられ方に著しく不名誉な逸話が盛り込んであるのが腹立たしくはありますが。

「あの好き者の皇子が惚れたというから、どんなとんでもない女かと思えば中々どうして、良い女じゃないか」

衛兵の方の一人が槍を下ろし、下卑《げひ》た笑みを浮かべながら私に近づいてきます。

あら、もしやこの方……私のことを見た目通りのか弱い貴族のご令嬢だとでも思っていらっしゃる？

それとも私の不名誉な二つ名や噂話を知っていてなお、侮っていらっしゃるのかしら。

これはこれは……舐められたものですわね？

「愚かな皇子にくれてやるのはもったいないぜ。俺が先に味見してやる」

間近に迫った衛兵の方が私の身体に手を伸ばしてきます。

私はそれに応えるように、笑顔で手の平を差し出しました。

「へへ、なんだ？　一緒に踊ろうってのかい？　いいぜ、たっぷり楽しませてもらおうか」

「お、おい。お前、この女の噂を聞いたことがないのか？　迂闊に手を出すのは――」

「何ビビってんだ？　たかが華奢《きやしや》な女とガキ一人だぜ。それでもヴァンキッシュの戦士かよ。そんな噂ただのでたらめに決まってんだ――」

言葉の終わり際を断ち切るように。

差し出した手の平をそのまま上に跳ね上げ、衛兵の方の顎を掌底でかち上げます。

「ろぉっ⁉」

「淑女《しゅくじょ》に対する扱いを心得ない無礼なお方は――」

さらに宙に浮き上がった衛兵の方の腹に、もう片方の手の平で掌底を放ちます。

「――壁とでも踊っていてくださいな」

「がべぇっ⁉」

鈍い打撃音とともに、吹っ飛ばされた衛兵の方がそのまま検問所の石壁に激突します。

壁にめり込み人型の穴をうがった衛兵の方は、白目を剥いたまま気絶しました。

加減はしたつもりだったのですが、ずっと暴力を我慢していた分、少々お手手がはしゃいでしまったようですわね。私としたことがはしたないですわ。

まあ、なんにせよ――

「これは――まごうことなき正当防衛ですわね」

「「過剰防衛だー！」」

一斉にツッコミを入れてくる衛兵のお二方。

あらあら、この程度の暴力を過剰防衛扱いするだなんて。

ヴァンキッシュの戦士が聞いて呆れますわね。

一体どちらのお花畑で育ったミツバチさんなのでしょう。

「こ、この容赦のない暴力……飛竜を拳の一撃で昏倒させ、アルフレイム皇子を地の果てまで投げ飛ばしたという噂は本当だったのか……」

「だ、だから言っただろう！　迂闊に手を出すなと！　見ろ、あの女の返り血を浴びた満面の笑みを！　そもそも戦闘バカで知られるアルフレイム皇子がベタ惚れになって恋文を毎週送るような女が、〝まとも〟であるわけがないだろうが！」

なんという言い草でしょう。これには断固抗議すべきですわね。

「まともであるわけがないなどと、酷い風評被害ですわ。私はただ、〝まとも〟な淑女《しゅくじょ》らしく殿方と楽しく舞踏《ダンス》を踊っただけですのに」

「は……？　舞踏《ダンス》……？」

何を言っているんだというような顔で固まっている衛兵の方に、私は頬に手を当ててため息をひとつ。

「はい。舞踏《ダンス》ですわ。それなのに先ほどの方ときたら、一歩ステップを踏んだだけで足を滑らせて壁にめり込んでしまうなんて、そんなだらしないことでは社交界では笑われますわよ？」

「いや、さっき自分で今のは正当防衛だって――」

「ああ、そうですわ。良いことを思いつきました」

うろたえる衛兵の方に、私はにっこりと満面の笑みを浮かべました。

「これからステップのひとつも満足に踏めない貴方達に、本当の舞踏《ダンス》がどういったものか、不肖この私、〝まとも〟な淑女《しゅくじょ》であるスカーレット・エル・ヴァンディミオンがご教授させていただきます」

指の関節をポキポキと鳴らしながら衛兵の方に歩み寄ります。

「その過程として、宙を舞ったり、壁にめり込んだり、地面に頭から突っ込むこともあるかとは思いますが、これも貴方達が戦士である前に礼儀を弁えた〝まとも〟な紳士になるためのレッスンだと思って、甘んじて受け入れてくださいませ」

「な、何を言ってるんだこの女……？」

衛兵の方々が困惑した表情で後ずさりしました。

そんな彼らに、ナナカは同情するような視線を向けます。

「……よほどアルフレイムと一緒にまともじゃないって言われたことが気に食わなかったんだな」

それももちろんあります。

でもそれだけではありません。

「私が気に障ったのは、国を守るべき検問所に勤めている衛兵が、こちらが女子供だからという理由で侮り、下心をさらけ出し、そんなふざけた方々が恥ずかしげもなく自分達を〝戦士〟と名乗ったことに対してです」

本当の戦士というのは国のため、大切な者のために命を賭けて戦う者のこと。

少なくとも彼らよりは、彼らがバカにしていたアルフレイム皇子や紅天竜騎兵団の方がよほど――

「スカーレット……？」

顔を伏せた私に、ナナカが怪訝な顔で私に問いかけてきます。

私は「何でもありませんわ」と返答して、拳を構え直しました。

今私が暴力を振るうのはあくまで、この方々が私を侮辱《ぶじょく》したからです。

決してヴァンキッシュ、ひいてはヴァンキッシュの国を背負っているアルフレイム様方〝戦士〟の名誉を汚されたからではありませんので、誤解が無きように。

「て、敵襲ー！」

衛兵の方が叫ぶと検問所の中から兵士達が駆けつけてきます。

揉め事になった経緯は建物の中から見ていたのでしょうが、まさか自分達が呼び出されるとは思っていなかったのでしょう。

全員が面倒臭そうな表情をしていました。

彼らの数は予想していた通り、総勢三十名ほどでしょうか。

肉付きや身のこなし。また、この期に及んでやる気のなさげな様子を隠そうともしない意識の低さを見る限り。

彼らの誰一人として〝戦士〟と呼ぶにふさわしい方はいらっしゃらないようです。

同じヴァンキッシュの兵でも、紅天竜騎兵団とはこうも違いますか。

まあ、アルフレイム様直属であり、心身ともに鍛え抜かれた精鋭と、一般兵である彼らを比べるのは酷というものなのかもしれませんが。

「見た目で侮るな！　この女は正真正銘の化け物だぞ！　全員で囲め！」

衛兵の方々が円を描くように私達を取り囲みます。

おバカな彼らでも、お仲間が壁に突っ込んだのを見ていたので、さすがに多少の危機感は持ったのでしょう。

腰を落とした戦闘態勢で、槍の穂先をしっかりと私に向けてきました。

「せっかちな方々。そんなに慌てなくてもちゃんと一人一人、丁寧に壁にはめ込んであげますわ？　さあ、一番最初に私と踊ってくださる自称戦士のお方はどなた？」

微笑みながら周囲を見渡すと、先程間近で私が暴力を振るう場面を見ていた衛兵の方が、うろたえた声を漏らして後ずさります。

その隙を好機とばかりに、私は地面を蹴って――

「――待て」

珍しく遠慮がちな声のナナカに呼び止められました。

先ほど失敗したのを引きずっているのでしょう。

気にしなくても良いですのに。

まあ、そこがナナカの可愛いところでもあるのですが。

「……一応言っておくが、いくら正当防衛って言っても、さすがにこの人数を全員倒して無理矢理検問を突破なんてしたら大問題になるぞ。ここは一旦引き返して――」

そこまで言いかけて、ナナカがハッと何かに気づいたかのように空を見上げます。

「ナナカ？」

「……来る」

ナナカを追って雲ひとつない晴天の空を見上げます。

眩しい日差しを遮るように空にかざした手の平、その指の隙間から。

大きな飛竜の影が四つ、降下して来るのが見えました。

それを見た衛兵の方が呆然とした様子でつぶやきます。

「なっ……なぜこんな国境線沿いの僻地にヤツらが――紅天竜騎兵団が現れる⁉」

全長で六メートル近くはあるかと思われる巨大な質量を持つ飛竜の羽ばたきで、周囲に突風が巻き起こります。

円になっていた衛兵の方々は風に押しのけられて散り、代わりに私達の四方を取り囲むように飛竜が――紅天竜騎兵団の方々が、ゆっくりと地上に舞い降りてきました。

「ごきげんよう。お久しぶりですわね、紅天竜騎兵団のみなさま方」

目の前に着地した竜騎兵の方々に、スカートの裾を摘まんで挨拶をします。

すると、くせっ毛で目の下にくまを作った小柄な少年――ハイキングの時にノアと名乗っていた方が、私を指さして不思議そうに首を傾げて言いました。

「あー。誰かが乱闘してるって思ってウキウキしながら来てみたら、なんとかの花嫁さんだー。なんでヴァンキッシュの領地にいるのー？」

それに対して、隣にいた頬に大きな傷跡を持ち、長髪を後ろで結い上げた大柄な殿方――ジェイク様が、落ち着いた低い声で答えます。

「……ノア、なんとかではない。業火の花嫁スカーレット嬢、だ」

さらに二人を押しのけるように、短髪で目を爛々と輝かせた血気盛んそうな若者――ランディ様が槍を頭上で振り回しながら叫びました。

「うおおお！　乱闘だ乱闘だ！　血が騒ぐぞ！　俺も交ぜろー！」

まるでちぐはぐで統率がとれていないように見える彼らですが、紅天竜騎兵団の中でも特に腕の立つ方々で、アルフレイム様から直々に小隊長を任されていたと記憶しております。

事実、その雄姿やお名前はヴァンキッシュ国内でもよく知られているようで、彼らを見るなり衛兵の方々の顔色が変わりました。

「く、紅の四騎士……！」

「戦闘狂が集まった紅天竜騎兵団の中でもとびっきりにイカれた四人組じゃないか……」

「は、離れろ！　アイツら機嫌が悪いと味方でも見境なしに殴りかかってくるって噂だぞ！」

ザザーッと波が砂浜から引いていくように、衛兵の方々が一気に私達から距離を取ります。

「機嫌が悪いと味方にも殴りかかる……なんと恐ろしい方々なのでしょう。成り行き上、共闘をした時もありましたが、元来平和主義の私達とはとても相容れなさそうな方々ですわね。ね、ナナカ」

「……もしかしてツッコミ待ちなのか？」

そんな他愛《たわい》のない会話をしていると、四騎士の中で唯一事態を静観していた一人が、飛竜を降りて私に歩み寄ってきます。

短髪でサイドの髪を編み込んだ、鋭い目つきのそのお方――紅天竜騎兵団の副隊長であるジン様は、私に会釈《えしゃく》をして口を開きます。

「お久しぶりです、スカーレット様。なぜこのような場所に――」

周囲を見渡しながら話していたジン様は、途中で壁に埋まっている衛兵の方を発見して硬直しました。そして少し考えるような素振りを見せた後、私に改めて向き直ります。

「……いえ、ここで一体何をしていたのですか？」

私はスカートの裾を摘まみ会釈《えしゃく》を返すと、ジン様に言いました。

「ごきげんよう、ジン様。実はアルフレイム様からいただいた飛竜のレックスが病気になってしまいまして――」

「ねーねー、レックス人になってるよ。しかもぐったりしてるー。おーい大丈夫かー」

声のほうに視線を向けると、いつの間にか飛竜を降りていたノア様が、私達が乗ってきた馬車のすぐそばに立っていました。

ぴょんぴょんと跳ねながら窓の中を覗き込むノア様。

それを見たナナカが慌てた様子で馬車に駆け寄り、ノア様を窓から引きはがしました。

「おいっ、勝手に近づくな！」

「えー、ケチ。いいじゃんちょっとくらい。減るもんじゃないし。それとも見てると減ったりするの？　レックスの寿命ー」

「縁起でもないこと言うな！」

小さな男の子達がじゃれ合っているだけで無害なのを確認してから、ジン様に向き直ります。

「私の加護も気休め程度の効果しか得られず、パリスタンでは治療法が見つからなかったので、急ぎこちらに足を運んだ次第です。その過程で、紆余曲折ありまして――」

衛兵の方が埋まっていた壁の方をチラリと見ると、他の衛兵の方に引っ張り出されている最中でした。もう少し早くそうしてくだされば、証拠隠滅となりジン様の印象も良かったはずですが。

「――衛兵の方が一人壁にめり込みました」

「……なるほど」

色々と察してくださったのか、少しの沈黙の後、どこか達観した表情でジン様がうなずきます。

普段から私のヤンチャが可愛く見えるほどに滅茶苦茶なアルフレイム様の右腕をしていらっしゃる方ですものね。

この程度の揉め事などそれこそ日常茶飯事なのでしょう。

ジン様は衛兵の方々に歩み寄ると、後ずさる彼らに向かって言いました。

「この検問所の責任者は誰だ」

責任の所在を押し付けるかのように無言で目配せをし合う衛兵の方々。

その中から、最初に私に声をかけてきた衛兵の方が「俺だ」と声を上げます。

ジン様は「そうか」と答えてから、表情を変えずに彼らに告げました。

「俺達はアルフレイム殿下の命を受け、ここにいらっしゃるご令嬢――スカーレット様を帝都にお連れするために出迎えに来た。通らせてもらうぞ」

「なっ⁉」

衛兵の方々が呆気にとられた声を上げます。

ジン様は彼らに振り返りもせずに、そのまま背を向けてこちらに戻ってきました。

すると我に返った衛兵の方々は、怒りもあらわに叫び出します。

「ふざけるな！　アルフレイム皇子の命だと⁉　だったらなぜあらかじめそいつらに通行の許可が出ていなかった！」

「こっちはその女が暴れたせいで仲間が一人壁に埋まったんだぞ！　たとえ許可が出ていたとしても、いまさら何事もなかったみたいに、はいそうですかと、通せるものか！」

あらあら。自分達がしたことも棚に上げて好き放題言ってくれますわね。

私の拳で思い切り頭を殴られれば、その原因になった記憶を思い出せるでしょうか？

などと思い、拳をにぎにぎしていましたら。

抱きついているノア様をひきずりながらこちらに戻ってきたナナカが怒りもあらわに叫びました。

「何言ってんだ！　それは壁に埋まってるあいつが鼻の下を伸ばして、スカーレットに『アルフレイムにやるくらいなら俺がもらってやる』とか言いながら下心丸出しで手を出そうとしてきたからだろ！　自業自得だ！」

ナナカに言い返された衛兵の方が「うっ」と言い淀みます。

しかし、彼はもうどうにでもなれと開き直ったのか、顔を真っ赤にすると先ほどよりもさらに大きな声で怒鳴りました。

「う、うるさい！　そんなことはどうでもいい！　アルフレイム皇子の関係者ってだけでこっちは気に食わねえんだよ！」

「はあ……？」

最早感情論でしかない暴論にナナカも呆れた顔をしております。

おそらくはアルフレイム様とは敵対派閥に与する方なのでしょうが……

ここまで自国の衛兵の方に嫌われているだなんて、もしこのことがアルフレイム様のお耳に入ればさぞかしショックを――

「受けませんね。あのおバカさんなら」

納得してうんうんとうなずいていると、感情の化け物と化した衛兵の方がさらなる罵声を飛ばしてきます。

「なにが紅天竜騎兵団だ！　皇子が後ろにいるからってデカい顔しやがって！　こっちだって後ろには、ヴァンキッシュの軍事のすべてを統括する軍師将軍ヴァルガヌス様が――」

「――おい」

ジン様が不意にその言葉を遮ります。衛兵の方に向かって顔だけ振り向いたジン様は、目を細めると怒りを滲ませた静かな声で言いました。

「お前。今、俺達がアルフレイム様の後ろ盾があるから強気に出ていると、そう言ったな」

「ああ⁉　言ったからどうだってん――ひっ⁉」

情けない悲鳴が衛兵の方の口から漏れ出します。

彼の首筋には瞬きの間に接近したジン様の、槍の穂先が突きつけられていました。

「……試してみるか？　大陸最強の空戦部隊と呼ばれている紅天竜騎兵団《おれたち》の実力を」

流れるようなすり足による接近……それも一息の間に行われた早業です。

おそらくはなんらかの武術によるものでしょう。お見事ですわ。

「う、ぁ……」

衛兵の方が尻もちを付きます。

ジン様は彼が戦意を失ったのを見ると、槍を収めてこちらに向き直りました。

「行きましょう。アルフレイム様が帝都ファフニールにてお待ちです」

何事もなかったかのような淡泊な無表情で告げるジン様。

そのやり取りで力の差を思い知ったのか、周囲の衛兵の方々は悔しそうに顔を歪めながらも私達に道を開けました。

「お手数をおかけいたします。行きますよ、ナナカ」

「あ、ああ」

会釈《えしゃく》をしてから馬車に戻ります。

私達が馬車に乗るのを確認すると、ジン様は検問所の物見塔を見上げて言いました。

「開けろ」

重々しい音を立てながら、検問所の扉が開かれます。

紅天竜騎兵団の方々が睨みを利かせる中、馬車が進んでいくと途中で衛兵の方々が恨めしそうな表情でこちらを見ていました。

私達とお別れすることがよほど嫌なのでしょう。

でも、名残惜しいのはこちらも同じですわ。

せっかくストレス解消のチャンスでしたのに、殴り損ねてしまったのですから。

「お預けにされた分はレックスを治療した後でたっぷりと、ヴァンキッシュ帝国に請求させていただきましょう」

「嘘だろ……？　僕はヴァンキッシュに着いてからもずっと、暴れようとするスカーレットを一人で抑え続けないといけないのか……？　助けてくれレオナルド……」

ナナカがなにやら頭を抱えて苦しんでおります。

これはお父様とレオお兄様が私といる時によくやるポーズですね？

ペットは主に似ると言いますが、ナナカもすっかりヴァンディミオン家に馴染んできているようでなによりですわ。

「ただで済むと思うなよ！」

丁度馬車が門を抜けようかという時でした。

走行音に交じって後ろの方から怒鳴り声が聞こえてきます。窓から顔を出し背後を確認すると、私達を阻んでいた衛兵の方の一人がジン様に詰め寄っておりました。

「騒ぎを起こしたパリスタンの貴族を無断で受け入れた今回の一件！　確実に皇帝陛下のお耳に届くだろう！　後で後悔しても遅いぞ、アルフレイムの犬め！」

「……」

ジン様は彼を一瞥すると涼しいお顔のまま、何事もなかったかのように飛竜で飛び立ちます。

それに続くように紅天竜騎兵団の方々も、自分達に憎悪の視線を向ける衛兵の方々を無視して空へと飛び立っていきました。

約一名、ノア様だけは「べーっ」と舌を出していましたが。

そんな様子を私とともに見ていたナナカが、訝しげな顔で言いました。

「紅天竜騎兵団と衛兵のやつら、僕達を抜きにしても険悪な雰囲気だったな」

「次期皇帝の座を狙う候補者の派閥争いが激化しているとは聞いていましたが、こうもあけすけにやりますか。最早外部に隠す余裕もないほどに事態は切迫しているようですわね」

「パリスタンもそうだったけど、どこの国も内部はドロドロだな」

「嘆かわしいことですわ。何事も平和が一番ですのに」

「この大陸で一番説得力がないヤツからその言葉を聞いた……って、うわ!?」

ガタガタッ！　と、今までにないほどに馬車が縦に揺れます。

ナナカの悲鳴が運転席まで届いたのか、御者《ぎょしゃ》がこちらに向かって大きな声を上げました。

「申し訳ございません！　これからさらに山道が険しく、時折また揺れると思いますがどうかご容赦を！」

御者《ぎょしゃ》に気を遣われたナナカは、恥ずかしそうに頬をかきながらつぶやきます。

「……衝撃を吸収する魔道具の車輪が付いてる馬車なのに酷い揺れだ。本当にこんな場所に国なんてあるのか？」

ナナカの疑問ももっともです。アグニ山の中腹にあたるここは、道の険しさもさることながら、空気は薄く、気温も肌寒く。野生の獣どころか狂暴な野生の飛竜も多く生息しているため、とても人が住めるような環境ではありませんでした。

そんな危険な場所に、環境に適応する能力が高い亜人種ではなく、人間がわざわざ国を建て、数百年も強国として存在するだなんて。

にわかには信じられませんよね。

「伝え聞く史実によればヴァンキッシュ帝国を建国した方々は、他に住める土地があったのにもかかわらず、自ら望んでこのような過酷な環境で暮らすことを選んだという話です」

「理解できないな。どうしてわざわざそんな危険なことをしたんだ？」

「あえて過酷な環境に身を置くことで身体への負荷を高め、野生の竜や獣と戦うことで闘争本能を磨き、すべてを鍛錬として強靭な精神と肉体を作り上げるため――そのような意図があったのではないかとパリスタンの歴史家は推測していました」

パリスタン王国とヴァンキッシュ帝国の関係性は、はるか昔から一時的な和睦こそあれ、争っては停戦を繰り返す敵国同士でした。それゆえ、彼の国の詳細な文化や歴史については、歴史家の資料を見てもほんのわずかにしか伝わっていません。

しかし、ヴァンキッシュ帝国の国民すべてが武道を嗜むという異様なまでの戦闘に対する意欲や、最も強い者が皇帝になるという武力至上主義の一面を長きに渡って貫いてきたことを鑑みるに。

鍛錬のためにこの場所に建国したという話もあながち間違ってはいなかったのではないか、と私も思います。

「誇り高く、空の王者とも呼ばれる飛竜が背を許したのも、そんな彼らの純粋な強さだけを求める姿を強者として認めたからなのかもしれません――ほら、見えてきましたよナナカ」

窓の外に視線を向けたナナカは、そこに広がる光景を見ると、眉をひそめてなんともいえない微妙な表情でつぶやきます。

「……あれがヴァンキッシュの帝都ファフニールか」

ロマンシア大陸の東方一帯に広がる大山岳地帯。

その中でも一際高く険しいアグニ山の、さらに最も空に近い頂上付近に、帝都ファフニールはありました。

白い石畳が敷かれた地形は起伏が激しく、高い場所と低い場所の高低差は五十メートル近くはあるでしょう。

そんな場所の至るところに、赤い屋根と壁を基調とした、華美な装飾が施された石造りの家が、視界を埋め尽くすほどに立ち並んでいます。

そしてそれらの豪奢な家々を見下ろすような最も高い場所には、パリスタンの王城に匹敵するほどの巨大な王宮が鎮座《ちんざ》しているのが見えました。

王宮の青い屋根には竜を模した黄金の置物が大量に置かれていて、見える範囲だけでもひとつや二つの小さな都市が買えるほどの、莫大な建設費がかかっていることは容易に想像できるでしょう。

「……スカーレット」

豪華絢爛な街並みを無言で見ていたナナカが、憮然とした表情で言いました。

「さっきまでのスカーレットの話を聞いて、ヴァンキッシュ帝国の連中ってやることなすことめちゃくちゃに見えて、本当は自分を追い込んで心身を鍛えることこそすべてって感じの、禁欲的《ストイック》なやつらなのかなって見直していたんだけど……なんていうかこの帝都、無駄に派手で豪華で……めちゃくちゃ俗《ぞく》っぽくないか？」

「禁欲的？　ふふっ。何を言っているんですかナナカ。アルフレイム様が次期皇帝になろうかという国ですよ。めちゃくちゃに決まっているでしょう」

心身を鍛錬して手にした圧倒的な力で、すべてを手に入れるというのがヴァンキッシュの国是ですからね。

強欲も強欲、欲丸出し以外の何ものでもありませんよ。

でも、だからこそ私は期待しているのです。

この国のおバカな方々《おにくたち》が、その溢れ出んばかりの欲求のままに、私に無礼な振る舞いをして、殴る口実を作ってくれることを。

そして検問所にいた衛兵の方々の振る舞いを見て私は確信しました――やっぱりこの国は激熱ですわ！　と。

「私は好きですよ、この都。赤い壁や屋根ならたとえ万が一、悪漢をボコボコにして周囲に血がたくさん飛散しても、後始末には困らなそうですし」

「ここにもめちゃくちゃなヤツがいたのを忘れてた……」

私達の馬車の頭上をジン様が乗った飛竜がゆっくりと飛んでいきます。

ジン様はこちらを向き、御者《ぎょしゃ》に向かってついて来いと合図をしました。

「行きましょう。何よりもまずはレックスの治療が最優先ですから」

パリスタンの馬車が珍しいのでしょう。

道行くヴァンキッシュの人々が、興味深そうにこちらを見ている中。

私達は、緩やかな上り坂になっている帝都の中央通りを進み始めました。

竜が住まう国、ヴァンキッシュ帝国の頂上にそびえ立つ王宮、ヴァンキッシュ城に向かって。

第五章　不覚にもスカッとしてしまいました。

ヴァンキッシュ城をぐるりと囲んだ外壁。

その入り口に位置する見上げる程に巨大な正門の前には、すでに医服を纏った医者と思しき五人の方々が待機していました。私達の事情をくみ、レックスをすぐに診てもらえるよう、ジン様が手配してくれていたのでしょう。

さすが脳筋集団の紅天竜騎兵団の中で唯一、気配りとお仕事ができるお方。

個々の我が強すぎて、とても軍として戦術的に動けるとは思えない紅天竜騎兵団が、大陸最強の空戦部隊として名を馳せているのも、ジン様がアルフレイム様の補佐役としてうまく部隊をまとめているおかげなのかもしれませんね。

「この子をどうかお願いいたします」

馬車の扉を開けて、レックスを医者の方に預けます。

「お話は聞いております。最善を尽くしましょう」

医者の方々は私達にそれだけ告げると、的確で無駄のない動きでレックスを抱えて担架《たんか》の上に乗せます。運ばれて行く前に頬を撫でてあげようと手を伸ばすと、レックスの顔色が少しだけ良くなっているように見えました。故郷に戻ってきて、気が和らいだのでしょうか。

そのまま大事にならずに、元気な姿で戻って来てくれると良いのですが。

「開門！」

正面にある門の方から大きな声が響き渡り、ゆっくりと巨大な門の扉が開いていきます。

レックスが乗せられた担架《たんか》は開いた門から城の中に入っていきました。

それと入れ替わりに、門の内側からジン様が出てきて、こちらに歩いてきます。

ジン様は私達の前で立ち止まると会釈《えしゃく》をして、言いました。

「スカーレット様。アルフレイム殿下が客間にてお待ちです」

心配でしたのでレックスに付き添うつもりでおりましたが、竜を友として扱うヴァンキッシュで彼に危害を加えるような方はいないでしょうし、お任せしても大丈夫でしょう。

それにここまでついて来て、まだヴァンキッシュの方々の信用を疑うような振る舞いをするのは、せっかく善意でレックスの治療を引き受けてくれたジン様や、ひいてはその上司であるアルフレイム様の顔に泥を塗ってしまいますものね。

「わかりました。ご案内、お願いできますか？」

「はい。こちらへ」

ジン様に案内されて皇宮内に入った私達は、そのまま国賓用の客間に通されました。

客間の内装は皇宮の外装に劣らず、壁や床、天井に至るそこら中に、竜の意匠《いしょう》の装飾や柄が施されていて、豪奢の一言に尽きます。

公爵家の令嬢という立場上、私はそういったお金のかかった部屋という光景を見慣れていたので特に緊張することもありませんでしたが、ナナカは落ち着かないのか借りてきた猫のように縮こまっておりました。

かわいらしいですわね。

「どうぞ、おかけください」

ジン様に勧められて、ナナカとともに三人がけの大きな椅子に座ります。

立ったままその場で控えているジン様に「どうぞ」と声をかけると、彼も会釈《えしゃく》をしてから対面の椅子に座りました。

「ジン様。突然現れたのにもかかわらず、皇宮まで迎え入れていただいたばかりか、レックスの医師の手配までしていただき、誠に感謝いたします」

「礼には及びません。俺はアルフレイム殿下の意向に従っただけですから」

「そうは言いますが、検問所で私達と出会ったのは完全なる偶然だったはずです」

あのタイミングではアルフレイム様の指示を仰ぐことなどできなかったでしょうし、私達を通したのはジン様の独断でしょう。

「いくら私がアルフレイム様から目をかけられているとはいえ、停戦中の国であるパリスタンの貴族を国内に通すという、罰が下されてもおかしくないその決断を、レックスを救うためにしてくれたこと――私は貴方に感謝と敬意を表します」

「いえ、買い被りすぎです。俺でなくともヴァンキッシュの戦士である者が事情を知れば、友である飛竜を見捨てることなどしなかったでしょう」

それはどうでしょう。ヴァンキッシュの戦士を自称した衛兵の方が、聞く耳も持たずに槍を向けてきたのをこの目で見たばかりですし。

「素直にお礼を受け取ってはいただけませんか？」

「当然のことをしただけで礼は受け取れません。ご容赦ください」

「強情なお方ですのね」

「これが俺の性分ですので」

素っ気ない表情で返すジン様。本当に当たり前のように言いますのね。このご恩はいずれ、どこかで返させていただくとしましょう。

「それで、レックスの容態の方はいかがでしょうか」

「それなんですが……」

少し考えるような素振りをした後、ジン様が口を開こうとした次の瞬間。

部屋のドアがバーンと勢いよく、こちら側に吹き飛んできました。

音の出所を見ずとも誰が現れたのかを理解した私は、無言で手袋を拳にはめます。

皇宮であるこの場所で、そんな無礼な登場の仕方をするのは、言うまでもなくあのお方しかいないでしょう。

「おお、スカーレット！　我が愛しの星《ステラ》よ！　運命の時はここに来たり！」

そこには珍しく王族らしい豪奢な羽織物に竜の刺繍《ししゅう》が施された衣服を着た、燃えるような赤髪のお方——アルフレイム様が立っておりました。

それを見たナナカとジン様が『うわ、出た』と言わんばかりの、完全にドン引きした顔をしています。アルフレイム様はそんな二人の様子もお構いなしに、両手を広げて叫びました。

「嬉しいぞ！　ついに我が想いが通じたのだな⁉」

ずんずんと大股でこちらに歩みよってきたアルフレイム様は、スッと私の足元にひざまずきます。

そして私の手を取るとフッとキザに微笑んで言いました。

「私に会いたくて、いてもたってもいられず、ヴァンキッシュまで会いに来てしまったのだろう？　愛《う》いヤツめ。よし、このまま結婚式をあげようではないか！　いざ式場へ——」

アルフレイム様の手首を掴んだ私は、そのまま壁に向かってブン投げます。

「お断りします」

「オッフゥ⁉」

勢いよく飛んでいったアルフレイム様が、頭から壁にゴスッと突き刺さりました。

それを見たナナカとジン様が呆れ顔でため息をつきます。

「相変わらずだなここの皇子は……」

「申し訳ございません。このようなクズ皇子で」

オチがついたところで、私とジン様は何事もなかったかのように向き直りました。

「話の続きを」

「はい。レックスの容態ですが……率直に言うと、なにも異常はありませんでした」

「……はい？」

思わず疑問の声が漏れてしまいました。

同じように驚いていたナナカが、身を乗り出して叫びます。

「そんなはずはない！　だってここに来るまで熱も出てたし、ずっと苦しそうにしてたんだぞ!?」

「確かに少し微熱があるようでしたが、皇宮医の診断によればただの疲労によるものだということです。時間経過で治る程度のものだそうで、直に目を覚ますでしょう」

「そんな!?　こっちだって色々と手は尽くしたんだぞ!?　それがただの疲労だなんて……わざわざ大変な思いをしてまで、僕達がここまで来た意味は何だったんだ……」

放心した表情でナナカが椅子に腰を落とします。何か腑《ふ》に落ちませんわね。

ただの疲労であれば〝遡行《そこう》〟の加護で治らないはずがありませんが――

私達が黙り込んでいると、ジン様が不意にこほんと咳払いをします。

視線を向けると、ジン様は目を伏せながらつぶやくように言いました。

「人化する飛竜というのはかなり珍しく、我が国であってもその生態のほとんどが知られていませ

ん。突然原因不明で体調を崩すというのも、あり得なくはない話です」

「お気遣いありがとうございます。お優しいのですね」

「……いえ」

実際のところ、ジン様は本当にレックスの――人化した飛竜の生態を知らないのでしょうか。

それともなんらかの理由があって、他国の人間である私に隠しているのでしょうか。

どちらかはわかりませんが、こちらが無理を通していただいている立場である以上、これ以上追及はできませんね。レックスの身体が無事と分かっただけで、善しとしましょう。

「しかし、病の原因が分からないままなのは不安であろう？」

背後から聞こえてきた声に視線を向けると、そこにはいつの間にか復活していたアルフレイム様が仁王立ちしていました。もっと壁深くに埋めておけば良かったかしら。

「アルフレイム様にはわかるのですか？」

「わからん！　皆目見当もつかんな！　ふははは！」

拳を握り込み、腰だめに構えます。しかし、そのまま思い切り拳を振り抜こうと息を吸い込んだところで、ナナカが慌てて止めに入ってきました。

「待て！　気持ちはわかるけど抑えろ！　ここは一応皇宮だぞ!?」

「大丈夫ですわナナカ。一発だけ。ちょっと一発拳を顔面にブチ込むだけですから」

「スカーレットの一発は人が死ぬ一発だからな!?　ジン！　アンタも黙って見てないで止めてく

れ！」

ジン様は目を伏せ、普段と変わらない表情で言いました。

「俺は何も見ておりませんので、一発と言わず、二発でも三発でもどうぞご自由に」

「ほら保護者の方からの撲殺許可もいただきましたわ。これで問題ないでしょう？」

「いや許可を出すなよ⁉　自分の国の第一皇子だろ⁉　もう嫌だこの国！」

頭を抱えるナナカと立ち上がって拳を構える私を見て、アルフレイム様が腰に手を当てて大笑いします。

「はっはっは！　我が花嫁は相も変わらず、その氷のような美貌とは相反して情熱的で苛烈よのう！　それでこそ業火の花嫁の名を冠する女よ！　合格！」

なにが「合格！」ですかこの皇子《バカ》。ブッ飛ばしますわよ。

「まあ聞け！　私はわからぬが、代わりにわかる者を連れてきた！　その者ならば飛竜に関するどのようなことでも知っているであろう！」

「で、そのお方はどこにいらっしゃるのですか？」

「む？　先ほどまで私の隣にいたのだが」

アルフレイム様がきょろきょろと周囲を見回します。

この脳筋クソ皇子……もし嘘だったら側頭部に回し蹴りを叩き込んで――

「――珍しい匂いがすると思うたら貴様、獣人族か。間近で見るのは数百年ぶりかの」

ナナカの背後から聞こえてきたその声は、幼い少女のようにも、長い時を生きた賢人のようにも聞こえる、不思議な響きをしていました。

ナナカはその声の主――自分の背後に立っていた謎の少女に慌てて振り返ります。

「な、なんだお前⁉　いつの間に僕の背後に⁉」

百五十センチほどの身長に小柄な体躯《たいく》。腰まで届くほどに長い黒髪に、幼さを残しながらも美しく整った顔立ち。暖かそうな服を着ている他のヴァンキッシュの方々とは違い、おへそが出ている薄手の服の上に、赤い羽織物を纏っただけの軽装。

そして一番に目を引くのが左右の側頭部から生えた二本の黒い角――レックスと同じ特徴を持っているところからみるに、彼女も竜人なのでしょうか。

「おお、そこにおったのか！　突然いなくなったゆえ、てっきり機嫌を悪くして業火宮に飛んで帰ったのかと思ったぞ！」

「たわけ。ずっと近くにおったわ。触るな痴《し》れ者」

黒髪の方が自分の頭を撫でようと伸びてきたアルフレイム様の手を、不機嫌そうにパチンと払います。その光景にすごく親近感を感じてしまいました。

わかります。ジュリアス様しかり、許可も出していないのに勝手に頭を撫でようとしてくる殿方、ムカつきますわよね。私が同じ立場なら、アルフレイム様のみぞおちに渾身の腹パンをブチ込んで、壁にめり込ませているところです。

「パリスタンの諸君らに紹介しよう！　彼女こそ我が国ヴァンキッシュを古《いにしえ》から守りし――」

「――低地病じゃ」

余計なことは言うなとばかりに黒髪の方がアルフレイム様の言葉を遮ります。

低地病……レックスがかかった病の名称でしょうか。

聞いたことのない病名に私とナナカは揃って同じ方向に首を傾げます。

「初めて聞く病名ですわね？」

「ファルコニアのほうでもそんな病気は聞いたことないぞ？」

ジン様に視線を向けると、ジン様も聞いたことがないのか無言で首を横に振りました。

アルフレイム様は――

「私もそのような病は初耳だ！」

それだけ言うと、自信満々の顔でジン様の隣の椅子に腰かけます。

まあ、アルフレイム様には最初から何も期待はしていませんでしたが。

「低地病とはいかなる病なのでしょう」

私の問いに、黒髪の方は澄ましたお顔のまま淡々とした口調で言いました。

「飛竜は元より天上に住まう生き物。より空に近しいヴァンキッシュならともかく、パリスタンのような低地に長く留まれば、環境の違いによって体調を崩し、本来体内で無意識に行っていた魔力の循環に支障をきたす。その状態を低地病と呼ぶ」

お話に耳を傾けていると、不意に黒髪の方と視線が合いました。

私が微笑みかけると彼女は「ふん」と鼻を鳴らしてそっぽを向いてしまいます。

敵国であるパリスタンの者ゆえに警戒されているのでしょうか。

悲しいですわね。私ほど平和を愛している人間はいませんのに。

「レックスが人化したのは低地病により体内に溜まった澱んだ魔力を体外に排出し、少しでも体調の悪化を遅らせるためじゃ。本来は無駄に魔力を使うため、竜人族とはいえ好んで人化などせぬからな」

ナナカが「ちょっと待て」と声を上げました。

「もしかしてレックスが病気になったのは、環境に合わないパリスタンに長くいたせいで……治ったのは元々住んでいたヴァンキッシュに戻ってきたから、ということか？」

「その通りじゃ、獣人族の子よ」

……そういうことでしたか。

レックスの体調が悪化した原因は良くわかりました。ですが——

「ひとつ腑《ふ》に落ちないことがあります」

「なんじゃ」

「私の加護は体内、体外問わずにすべての怪我や病気を正常な状態に戻すことができます。魔力の循環に関しても同様です。低地病の原因が環境にあったとしても、一旦治療すれば今までのようにしばらくの間は発症しないのではないのですか？」

「なにもおかしなことではない。低地病は飛竜が大地に留まれぬように、古《いにしえ》よりその種族すべてにかけられた、いわば呪いのようなものじゃ。たとえ——」

黒髪の方がそらしていた視線を私に向けます。

その目には敵意ではなく、なぜか哀れみのような同情めいた色が浮かんでいるように見えました。

「たとえどんな魔法や加護を用いて一時的に治したとしても、一度発症してしまえば地上を離れぬ限り治す術はない。つまり、レックスがこれ以上貴様らとともにパリスタンで暮らすことは不可能じゃ」

その言葉に、ナナカが呆然とした顔でつぶやきます。

「種族すべてにかけられた呪いだって……？　そんなのもうどうしようも……」

呪い。もしそれがこの方の言う通りのものであるならば。

現段階で私が知り得るあらゆる手を尽くしても、パリスタンにレックスを連れ帰ることは不可能でしょう。それは……困りましたわね。

「スカーレット……その、落ち込む気持ちはわかる。でもアイツと一生会えなくなるわけじゃないんだ。だから——」

目を閉じうつむく私を心配したのか、ナナカがおずおずと話しかけてきます。

そんなナナカに、私は——

「――ならば、やることはひとつですわね」

いつもと変わらない笑顔でそう告げました。そんな私を見てナナカは目を丸くして「えっ？」と声をあげます。ふふ。何を驚いているのかしら。

まさか私が、その程度のことでレックスを諦めるとでも思って？

「低地病を根本から治す方法を見つけます。幸いにもヴァンキッシュ帝国は竜が住まう国。飛竜の情報を集めるには事欠きません。しばらくの間、滞在させていただくとしましょう。よろしくて？アルフレイム様」

私の問いにアルフレイム様は「フッ」と口元に笑みを浮かべます。

「そのようなこと、聞くまでもなく答えはわかっているであろう？　十年でも二十年でも好きなだけ滞在するが良い！　それどころか永遠にいてもらっても私は構わんぞ！」

「それは遠慮いたします」

アルフレイム様のお誘いを丁重にかつ迅速にお断りし、黒髪の方に向き直ります。

私の答えが不可解だったのでしょう、彼女は眉根を寄せて訝しげな顔をしました。

「貴様……わらわの話を聞いておらんかったのか？」

「聞いた上での結論ですわ。魔法や加護で治せない病気というのであれば、他のあらゆる方法を試すまでです」

「治す術はないと言ったぞ。他の誰でもない〝黒竜姫〟たるわらわが言ったのじゃ」

「お言葉ですが私、今まで自分の前に立ちはだかってきた無理や道理はすべてこの拳《て》で跳ねのけてまいりました。誰に何と言われようとレックスのことを諦めるつもりはありません」

「なんという強情な娘か！」

呆れ顔の黒髪の方と対照的に、アルフレイム様が笑顔でうんうんとうなずきます。

「そうであろうそうであろう？　我が嫁は最高であろう？」

勝手に後方旦那面しないでいただけますか？

蹴り飛ばしますわよ？

「そもそもなぜヴァンキッシュの人間でもない、他国の貴族の娘がそこまでレックスに執着する？そんなに貴重な飛竜を手放したくないか？」

「生まれた国や身分など関係ありません。レックスは我がヴァンディミオン家の大切な家族です。家族を一人だけ置いて自分達だけ国に帰るなんて、絶対にありえません」

「っ……話にならん。わらわは帰る」

黒髪の方は不愉快そうな顔をすると、背を向けて客間の入り口に歩いていきます。

私は椅子から立ち上がり、スカートの裾を摘まんで感謝の気持ちを込めてお辞儀をしました。

「お話を聞かせていただき、ありがとうございました」

「貴様のためではない。レックスを不憫に思うただけじゃ。そうでなければ誰が貴様のような女に――」

振り返った黒髪の方が、私とアルフレイム様の間で視線を行き来させます。

それから、すぅっと息を吸い込むと、突然大きな声で叫びました。

「——業火の花嫁などわらわは認めんからな！」

そして、そのまま肩を怒らせて去って行ってしまいました。

「私、何かあの方のお気に障るようなことでもしてしまったのかしら」

首を傾げてそう言うと、アルフレイム様も不思議そうな顔で言いました。

「わからぬ。だが元より気難しい女であるからな。なに、放っておけばそのうち機嫌も直るであろうよ」

アルフレイム様でもわからないなら、私にわからないのも仕方ありませんわね。

そんな私達を見てナナカとジン様が呆れた顔で言いました。

「「鈍感……」」

きっとアルフレイム様に言っているのでしょう。

そうですわね。私はともかくとして、次期皇帝になるやもしれないアルフレイム様が、同じ国の近しい間柄と思われる女性のお気持ちを理解できないのは問題です。

周りの方の苦労がしのばれますわね。

「それにしても良いタイミングで我が国に訪れたものだな。丁度今から、君達も良く知るパリスタンの特使《とくし》とともに我が父上、皇帝陛下に謁見するところだったのだ——と、話をすればなんとやらだな」

アルフレイム様が、部屋の入り口に向かって手を上げます。待ち人が来たのでしょう。

私達が良く知る特使《とくし》……一体どなたが来られたのでしょうか。

「スカーレット……？」

声の方向――部屋の入り口に視線を向けると、そこにはレオお兄様が呆然としたお顔で立っておりました。出発前に極秘の任務とは聞いておりましたが、ヴァンキッシュに特使《とくし》として出向くことだったのですね。そしてお兄様がいるということは当然――

「奇遇だな。このような場所で出会うとは」

その主である腹黒王子、ジュリアス様もいらっしゃるわけで。

私を視界に収めるなり愉快な玩具を見つけたような笑顔になるそのお顔に、一発拳をかまして差し上げたいところですが、ここで腹を立ててはこの腹黒の思うつぼ。

優雅にたおやかに淑女《しゅくじょ》らしく受け流して見せますわ。

「ごきげんよう、ジュリアス様、レオお兄様。極秘任務と聞いていたのでしばらくお二方のお顔を拝見できないのではと、さびしく思っておりましたが。まさかヴァンキッシュの皇宮でお会いすることになるとは思いませんでしたわ。本当に奇遇ですわね」

「レオはともかくとして、私に会えぬことも恋しく思っていたとはな。これは気がつかなくてすまなかった」

サラリと髪をかき上げながらそんなことをのたまうジュリアス様。貴方に対しては嫌味で言ったのにこの腹黒王子。こちらの意図をわかっていてあえてイラッとするような返答をして私の反応を楽しんでおりますわね？

その手には乗りませんわよ。

「お戯《たわむ》れを。我が国の第一王子であり、日ごろから親しくさせていただいているジュリアス様の身を案じるのは当然のことですわ」

「うまくかわしたな。後はその握り込んだ震える拳さえ隠しきれていれば完璧だったのだが」

そう言って「くくっ」と楽しげに微笑むジュリアス様を見ていると、先ほど立てた淑女《しゅくじょ》の誓いを秒で破りたくなります。

しかし今はそんなことよりも先に、解決しなければならないことがありました。それは――

「偶然……？　そんなバカな。スカーレット、なぜおまえがヴァンキッシュにいる……？」

そう、私の前でうつろな目をして肩を震わせているレオお兄様です。

本来この場にいるはずがない私の姿を目の当たりにして、さぞや混乱されていることでしょう。お腹の中が真っ黒なジュリアス様とは違って、レオお兄様は純粋で繊細なお方ですからね。

余計な心配をさせないように、ちゃんと状況を説明しなければなりません。

「表向き国交が閉ざされているはずのこの国に一体どうやって入国したのだ……？」

「レオお兄様。これには深いわけが――」

「まさか、また何か問題を起こしたわけでは……うっ」

胸を押さえて苦しそうな顔をするレオお兄様。

もしや持病《いつう》の発作が……？　これはいけません。

治して差し上げなければと思い歩み寄ろうとすると、レオお兄様の背後から王宮秘密調査室の制服を着て、眼鏡をかけた短い金髪の女性――エピファー様が現れて、薬の瓶をお兄様に差し出しました。

「レオナルド様。こんなこともあろうかと持ってきていたいつもの胃薬《ヤツ》です」

「すまないエピファー……助かった。私としたことが、すっかり油断していた。まさかヴァンキッシュにまで来て胃薬を飲むことになるとは思わず、手元に用意していなくてな……」

エピファー様――初めて顔を合わせたハイキングの時は、本当にご挨拶程度しかできませんでしたが、レオお兄様の胃痛を察知するやいなやすぐさま胃薬を差し出すお手並み。

さすがレオお兄様の秘書官をされている方だけのことはありますわね。

いずれお時間がある時にでも、ゆっくりとお話しをしてみたいものです。

「ご安心くださいませ、レオお兄様。私は決して、何か問題を起こしてここにいるわけではありません。事情がありヴァンキッシュの国境検問所を訪れたところ、偶然その場にいたアルフレイム様の部下でいらっしゃるジン様が気を利かせてここまで招待してくださったのです」

「その事情というのが気になるところではあるが……ジン殿」

話を振られたジン様が、チラリと私を見てから淡々とした口調で言いました。

「はい。スカーレット様の言う通りです。俺がここまで案内しました」

「そ、そうでしたか……」

レオお兄様がほっと肩を撫でおろします。

さすがヴァンキッシュ一空気が読める殿方。ナイスフォローですわジン様。

「わっはっは！」

そんな私達の一部始終を見ていたアルフレイム様が突如大口を開けて笑い出します。

そのお口に拳を叩きこんでも良い、ということでしょうか。

「心配しすぎだぞ、レオナルド殿！　私が報告を受けた話によれば、検問所でスカーレットがしたことなど無礼な衛兵を殴り、壁に埋めた程度のものだ！　かわいいものであろう！　なあジュリアス殿！」

「確かにかの撲殺姫がしでかしたことにしては控えめな活躍と言えるな」

「父上！　母上！　ホッとしたのもつかの間、やはり妹はまたやらかしていました！　しかも今度は国際問題に発展しそうなやらかしです……！」

天を仰いで両手で顔を覆うレオお兄様。

さすがパリスタン一空気を読まない王子とヴァンキッシュ一空気が読めない皇子。

ジン様の気遣いが一瞬で無に帰しましたわ。

これ以上余計なことを口走る前に、この二人を黙らせたほうが良いのでは？　と、拳をにぎにぎしておりますと。

アルフレイム様がレオお兄様の肩にポンと手を置き、労うように言いました。

「実際のところ、検問所の愚かな衛兵が私の想い人だと知りながらスカーレットに手を出そうとし、返り討ちにあったとのことだから自業自得だ。たとえその話が陛下の耳に入ったとて、歯牙《しが》にもかけぬよ。それどころか剛毅な女傑だとスカーレットのことを大層気に入るであろう。よって気に病む必要は皆無だぞ、レオナルド殿。ヴァンキッシュの第一皇子たる私が保証しよう」

「お気遣い痛み入ります……」

驚きました。まさかアルフレイム様がレオお兄様に気を遣うなんて。

失礼ながら、見直しましたわ。先ほどの見解を取り消しましょう。

それに比べて、もう一人の王子《ジュリアス》ときたら——

「良かったなレオよ。〝まだ〟何も起こっていなくて」

この始末です。口を開けば人を煽るのですから。

「またレオお兄様が苦しむ姿を楽しんで……本当に良い性格をしていらっしゃいますわね」

「ああ。お前達兄妹の百面相《ひゃくめんそう》を観覧するのは、私の数少ない娯楽《ごらく》のひとつだからな」

何を誇らしげな顔で。そんな趣味の悪い娯楽、この私が断じて許しません。

「まあ。開き直って最早否定すらしないなんて。ジュリアス様は我がヴァンディミオン家の大切な長子であるレオお兄様の胃を一体なんだと思っておりますの？」

「政務をこなすのに欠かせない我が優秀な右腕の胃だが。そうであろう、レオよ」

「いいえ、私が最も敬愛する大切な方の胃です。そうですわよね、レオお兄様」

「私の胃は私だけのものです……！」

両手で顔を覆ったまま叫ぶレオお兄様。

レオお兄様には申し訳ないですが、お兄様の胃に関して私は一歩も引くつもりはありません。

「……この二人と一緒にいたらレオナルドの胃がいくつあっても足りないな」

ナナカったら。人間には胃がひとつしかありませんのよ？

おかしなことを言うのね。ふふっ。

と、そんな呑気なやりとりをしていますと。

外から足音が聞こえてきて、衛兵の方が一人、部屋の前までやってきました。

「失礼しま――は？　ドアは……？」

彼は部屋の中に転がっているドアの残骸を見て「ええ……」困惑の声を漏らします。

言っておきますがそれをやったのは私達ではなく、貴方の国の皇子ですからね。

「こ、皇帝陛下の準備が整いました。どうぞ玉座の間へお越しください」

衛兵の方の知らせにアルフレイム様は「よし！」と声を上げます。

「では行くとするか！　パリスタンの諸君！　父上は寛大なお方だ！　肩肘を張らず、いつも通りでな！」

意気揚々とアルフレイム様が部屋を出て行きます。

その後ろ姿を見ながら、ジュリアス様がやれやれと肩をすくめました。

「相手がアルフレイム殿ならそうするが、皇帝陛下と謁見ともなればそういうわけにはいかん。こちらは国を代表して特使《とくし》として来ているのだからな。行くぞ、レオ」

「はっ」

ジュリアス様が部屋から出て行き、それに続くようにレオお兄様が出口に向かって――くるりとこちらに振り返ります。

「……スカーレット。事情は後で聞かせてもらうとして、私が戻って来るまでくれぐれも問題は起こさないように大人しくしているのだぞ。いいな。絶対だぞ」

「はい。いつも通り大人しく、お待ちしておりますわ。いってらっしゃいませ」

笑顔でレオお兄様に手を降ります。

そんな私とは対照的に、お兄様はとても不安そうなお顔で私をチラチラと何度も見ながら名残惜しそうに部屋から出て行きました。

レオお兄様ったら。心配されるのは嬉しくもありますが、いくらなんでも過保護が過ぎますわ？

私、物事の分別がつく立派な大人の淑女《しゅくじょ》ですのよ。

「さて、私達はレックスの様子でも見に行きましょうか。ジン様、案内していただけますか？」

「……いえ、おそらくその必要はないかと」

ジン様の言葉に首を傾げます。案内する必要はない？　それはどういう――

「おーい」

声のほうに振り向くと部屋の入り口からアルフレイム様が顔だけ出してこちらを見ていました。

皇帝陛下がお待ちになっているというのに、あのお方は一体何をしているのかしら。

「何をしている、スカーレット。貴女もともに行くのだぞ？」

「……はい？」

部屋の外からレオお兄様の「えっ」という絶望の声が聞こえました。

なぜ特使《とくし》ではない私まで謁見に？

そもそも私はなんの任務でジュリアス様やレオお兄様がここに来ているのかも知らないのですが。

そんな私を謁見に連れて行こうとするなんてアルフレイム様……やはりこの方、何を考えているのかさっぱりわかりませんわ。

皇宮の中央に位置し、皇帝陛下が謁見の際に使われるという宮殿、炎帝殿。

殿内は千人はゆうに入れるほどに広く、見上げるほどに高い天井には一面に竜の絵が描かれています。

また殿内の中央には、竜の刺繍《ししゅう》が施された赤い絨毯《じゅうたん》が入り口から最奥に向かって延々と敷かれていて、絨毯《じゅうたん》によって左右に分かたれた空間には、筋骨隆々《きんこつりゅうりゅう》な近衛兵と思しき方々がずらりと立ち並んでおりました。

そしてその方々を見下ろすように、最奥の五段ほどの階段を上がった先の玉座には、身長二メートルにもおよぶ巨漢の殿方が座しております。

そのお方は、身体に見合った低く威厳のある声で言いました。

「久しいなジュリアス王子よ！　三年前に五か国会議の場で見た時はまだ幼さの残る顔立ちをしていたが見違えたぞ！　男ぶりを上げたようだな！」

腰近くまで伸びた長い赤髪に同じ色の立派なおひげ。初老に届くかどうかというお歳ながら、豪奢な服の上からでも鍛え抜かれた筋肉の隆起が見て取れます。

このお方がヴァンキッシュ帝国で頂点に君臨する皇帝、バーン・レア・ヴァンキッシュ陛下ですか。ヴァンキッシュ帝国史上、最も苛烈だったと言われる先の後継者争いにおいて、すべての候補者を拳ひとつで叩きのめし、文字通り己の拳のみで皇位を手に入れたことから、畏怖と畏敬を込めてつけられた『拳皇』の二つ名はヴァンキッシュ帝国のみならずパリスタン王国でも知れ渡っております。

この雄々しいお姿を見ればその逸話も納得ですね。

「立て立て！　そうかしこまるな！　他の者も楽にしてよいぞ！」

バーン陛下のお言葉を受けて、階段の前の絨毯《じゅうたん》にひざまずいていた私達は立ち上がります。

他国の皇帝陛下の御前ということで、レオお兄様もナナカも緊張しているのか硬い表情をしていました。そんな中、私の右隣にいたジュリアス様が一歩前に出ると、堂々とした態度で礼をします。

「恐れ入ります。陛下こそ以前と変わらず、覇気《はき》に満ち溢れたお姿でなによりです」

「ふははは！　衰えたとはいえ、まだまだそこらの若造の百人や二百人、拳ひとつで一ひねりよ！」

腕を曲げて力こぶを盛り上がらせるバーン陛下。

衰えにより皇位を退くとの噂でしたが、あのご様子ではとまだまだご健在のように見えます。

なぜ後継者を決めようとしているのか、不思議なほどに。

「近頃パリスタンは色々と大変だったそうだが、どうだ。その後、国のほうは〝大丈夫〟か？」

バーン陛下が人の悪い笑みを浮かべながら、ジュリアス様に問います。

明らかな含みを持った〝大丈夫か〟というそのお言葉。

おそらくは、私達の国で起こったゴドウィン様の事件やパルミア教の反乱。そのすべてを知った上で尋ねて、ジュリアス様の反応を見ているのでしょう。意地の悪いお方ですわね。

しかし意地の悪さではこちらの腹黒王子も負けてはおりません。

ジュリアス様は表情を変えることなく涼しいお顔で答えました。

「万事問題はありません。むしろ国政を乱す反逆者達を排除できたことで、国内の体制はより盤石に強固なものとなりました。今後はもう二度と、他勢力のいかなる介入も許しはしないでしょう」

「そうかそうか！　それは良かった！　だが国を脅かすようなことが〝二度〟も起こったのだ。三度目がないとは言い切れまい？」

バーン陛下があごひげを撫でながら、口元に浮かべた笑みを濃くします。

「今後もし何か助けが必要なことがあればいつでも我に知らせるのだぞ。隣国のよしみだその時は――」

犬歯をむき出しにして、獰猛に笑いながら。

バーン陛下は握りこぶしを見せつけるようにして言いました。

「――我が国が手を下してやろう。塵芥《ちりあくた》すら残さず、徹底的にな」

アルフレイム様が単独でやったこととはいえ、ゴドウィン様の時は自分達の勢力が陰で手を引いておきながらいけしゃあしゃあと。それに獲物が弱っているか品定めするかのようなあの肉食獣のような目つき。隙あらばパリスタンごと食らってやろうと言わんばかりですわね。

やはりヴァンキッシュという国は油断なりません。それに対して――

「お気遣い痛み入ります」

本心を欠片も見せないさわやかな笑顔で返すジュリアス様。

相手が武力という名の牙ですべてを従わせる百獣の王ならば、こちらは敵味方すべてを己の意のままに操る謀略の貴公子といったところでしょうか。さすがはパリスタン王国一……いえ、最早その黒さは大陸一と言っても良いほどの腹黒男っぷりですわ。

「――陛下」

会話の合間に割り込むように、初めて聞く殿方の声が聞こえてきます。

穏やかながらもどこか冷たい印象を受けるその声の主は、私達の左手側に立っておりました。

「謁見の場になぜ我々を呼んだのか今わかりました。まったく陛下もお人が悪い」

濃い青の髪に、面長で神経質そうな細い目。

派手な龍の刺繍《ししゅう》が入った民族衣装を思わせるヴァンキッシュの衣服。

ヴァンキッシュの皇族は皆さま赤髪でいらっしゃるので、そうではないところから察するに、皇族の関係者ではないお方なのでしょう。一体何者なのでしょうか。

「ああ？　何テメエ一人で納得してやがる。説明しやがれインテリクソ野郎」

今度は右手側から荒々しい殿方の声が聞こえてきます。

視線を向けるとそこには私と同程度の、殿方にしては少し低めの身長の方が立っておりました。

彼はイライラした表情で、左手側にいる青髪の方に口を開きます。

「こっちはただでも敵国のヤツらが我が物顔で城を練り歩いてるの見てイライラしてんだ。納得できない説明だったらぶっ殺すぞ」

手入れされていないツンツンに跳ねたくすんだ茶色の短髪に、常に誰かを睨みつけているような鋭い目付き。そのお口の悪さと相まって、右手側にいる方はまさに荒くれ者といった雰囲気を醸し出していました。

ただ、そこら辺にいる荒くれ者とは違い、その身体は鍛え込まれ硬く引き締まっており、彼が優秀な闘士であることをうかがわせます。

服装自体も腕を動かしやすくするためか肩口で切られてはいるものの、先の青髪の方が着ていた物と同じ、お高そうなヴァンキッシュの衣服を着ているため、そのことからもただの荒くれ者ではないことは明らかでしょう。

「そう結論を急くな。それと客人を前にあまり無礼な物言いはよせ。我が国の品位が落ちる」

「こいつらは客人じゃねえ。礼なんざクソくらえだ」

嗜めようとする青髪の方に悪態をつく荒くれの方。

このお二人……パリスタンの王子であるジュリアス様と皇帝陛下が謁見しているのにもかかわらず、会話に横入りしてきた挙げ句、無礼な発言を咎められる様子もないあたり、何か重要な役職に就かれている方々なのでしょうか。かといって、皇族の方というわけでもないようですし。

ということはもしや、このお二方がアルフレイム様と次期皇帝を争っている後継者候補の方々なのかしら。

そんな私の考えを証明するかのように、青髪の方が荒くれの方に向かって言いました。

「簡単なことだイフリーテ。パリスタンの次期国王である第一王子ジュリアス殿と、ヴァンキッシュの次期皇帝になる我ら後継者候補の四人。そのどちらが優れているかを、今この場で見比べようというのだよ、陛下は」

やはり私の考えは当たっていたようですわね。

と、自分の予想に一喜一憂している場合ではありませんでした。

「なっ⁉」

私の左隣でレオお兄様が驚きの声を漏らします。

驚いた理由はこの方々が後継者候補だったことではなく、その後の発言についてでしょう。

青髪の方は言いました。ジュリアス様と後継者候補の方々を見比べるために、この場に人を集めたと。もしそれが本当のことだとするならば、これは無礼にもほどがあります。

客人として謁見の場に招かれた他国の王族を、自国の後継者争いのダシとして利用するなんて。

「――ふっはっはっは！」

沈黙をかき消すように、バーン陛下が大口を開けて笑い出しました。

「相変わらず貴様はひねくれておるな、ヴァルガヌスよ！　余はただ、隣国の王子に我が国自慢の戦士達を紹介したいと思っただけだというのに！　気を悪くせんでくれよ、なあジュリアス王子」

文句があるならば言ってみろと言わんばかりの開き直った態度。

この反応、どうやら後継者争いに利用しようとしているのは本当のようですわね。

というか、先ほどから薄々とは感じていましたが……私達、完全に舐められていませんか？

相手が皇帝陛下でなければ、ブン殴ってやるところですのに……口惜しいですわ。

「いえ、こちらとしても次期皇帝になるやもしれぬ方を紹介して頂いて、わざわざ自ら手の内を晒していただけるとは〝好都合〟ですのでお気になさらず」

「……なんだと？」

涼しい顔でしれっと告げたジュリアス様の言葉に、バーン陛下の眉がピクッと動き、笑顔から一転して真顔になります。

不穏な気配を察した周囲の近衛兵の方々も、互いに顔を見合わせてざわつき始めました。

左隣からはレオお兄様の「ジュリアス様……それはやりすぎです！」という押し殺した悲鳴が聞こえます。

確かに舐められっぱなしというのは気に食わないですし、無礼な扱いに対して抗議くらいはしてもいいのではと思っておりました。

ジュリアス様のことですから、きっと私が思いもよらないような、何か性格の悪いチクチクとした言葉で言い返すくらいはするだろうということも予想できました。

ですがこの腹黒王子、何を言いだすかと思えばまさか手の内を晒してくれて〝好都合〟だなんて。

勝手に後継者争いの物差しに自分が使われそうになったことに対して、それならばこちらもヴァンキッシュの次期皇帝になる者がどれほどの者か、上から目線で見定めてやろうということですか。

おそらくは意趣返しのつもりなのでしょう。

まったく、このお方はどれだけ人をおちょくったら気が済むのですか。

「……ぷっ」

「スカーレット⁉　何を笑っている⁉　今がどんな状況か分かっているのか⁉」

ごめんなさい、レオお兄様。

私、自分で殴ってもいないのに。

不覚にも少しだけ――スカッとしてしまいました。

「今手の内を晒してくれて〝好都合〟と言ったな。我が国の皇帝候補を紹介することが、一体どうパリスタンにとって都合が良いのだ？」

「ご想像にお任せいたします」

有無をいわさぬバッサリとした返答に、いよいよバーン陛下のお顔が険しくなっていきます。

それと比例するようにレオお兄様のお顔はみるみる真っ青になっていきました。

「なんということだ……わかっていたではないか。問題児は身内に二人いると……もっと私が事前に釘《くぎ》を刺しておけばこのようなことには……いや、ジュリアス様のことだ。私の忠告を聞き入れたフリをし、安心した私を土壇場《どたんば》で裏切って苦しむ姿を楽しむに決まっているから、今の状況のほうがまだマシかもしれない……ううっ胃が……」

「レオナルド様。いつもの薬《ヤツ》です」

エピファー様に胃薬を渡されるレオお兄様。ああ、おいたわしいですわ。

ところで問題児のもう一人というのは一体どなたのことなのかしら。

「ナナカ、レオお兄様を苦しめる問題児がこちら側にもう一人いるそうなので、発見次第、知らせてくださいませ。まったく、私の大事なお兄様を苦しめるなんて許せませんわね」

背後に控えていたナナカにこっそりとささやきます。ジュリアス様の方を唖然とした顔で見てい

たナナカは、私を見て微妙な表情をすると歯切れの悪い様子で言いました。

「ああ、うん……そうだな……今、僕の目の前にいるんだけどな……」

最後の方が小声でよく聞き取れなかったのは、きっとこの緊迫した状況に困惑して心ここにあらずな状態のせいでしょう。

それはナナカだけではなく、おそらくここにいる全員が同じような心境でいるかと思います。

さて、当のバーン陛下はどんな反応を示されるのでしょう。

わくわくしながらバーン陛下のご様子を確認しようとした次の瞬間。

ダァン！　と玉座の方から大きな打撃音が鳴ります。

視線を向けると、バーン陛下が手を置いていた玉座のひじかけが粉々になっていました。

怒りのあまり拳を叩きつけて破壊してしまったのでしょうか。

「くくっ……ふははは！」

周囲の皆様が緊張した面持ちで見守る中、バーン陛下がうつむきながら体を震わせて笑いだします。ゆっくりと顔を上げたバーン陛下は、何の邪気も感じられない人懐っこい笑みを浮かべていました。

「良いぞ良いぞ！　この余に対して一歩も引かぬどころか駆け引きまでしてくるその度胸！　一国を背負う気概《きがい》のある者とはそうでなくてはな！」

上機嫌なバーン陛下の様子に、緊張していた場の空気が一気に弛緩《しかん》します。

一触即発の事態かと思い、いつでも殴れる準備はしておりましたが。

どうやら杞憂《きゆう》だったみたいですわね。

しかし笑いをこらえるために軽く打ち付けただけで、おそらく大陸でも屈指の硬度を誇る金剛石で作られた玉座のひじかけを破壊してしまうなんて。

拳皇の二つ名は伊達ではありませんわね。私が感心していると、一段落着いたのを見て、青髪の方がおもむろに左手側から私達の前に歩み出ます。

彼は背後にある玉座に振り返るとバーン陛下に言いました。

「名乗らせていただいてもよろしいでしょうか」

「許す！」

バーン陛下の声に青髪の方はうなずくと、私達に向き直って会釈《えしゃく》をします。

「ヴァンキッシュ帝国全軍を統括する、軍師将軍の任をいただいております。ヴァルガヌス・ワイザードと申します。以後お見知りおきを」

ヴァルガヌス様――検問所の衛兵の方が自分達の後ろ盾だと言っていた方ですわね。

この方が後継者候補ならば、その傘下である衛兵が敵対派閥の頭であるアルフレイム様の名前を出した私達を敵視するのも納得です。

ヴァンキッシュの軍権を一挙に任されている以上、相当な実力者かと思いましたが……体つきから見るに、それなりに鍛えられてはいますが、他のヴァンキッシュの方々のように戦闘に特化しているようには正直見えません。

軍師将軍という役職は初めて耳にしましたが、その名からも戦術や戦略を駆使する参謀的《さんぼうてき》な立ち位置の方と言われたほうがしっくりきます。

そういえば以前、ハイキングの時にアルフレイム様が言っておりましたね。

バーン陛下は旧来のヴァンキッシュが至上としていた個の武力にこだわらない、あらゆる強さを認めている方だと。

おそらくは頭脳を駆使して後継者候補に名を連ねているヴァルガヌス様はまさしく。バーン陛下が作り上げた新たなヴァンキッシュが体現する〝強さ〟の一翼を担っている方なのでしょう。

その点でいえば、右手側にいる茶髪の方――イフリーテ様と呼ばれていた方はとてもわかりやすいですわね。見るからに戦闘向けの身体つきや性格をしているようですから。

当のイフリーテ様はというと、ヴァルガヌス様の発言が気に食わなかったのでしょう。

不機嫌そうに顔を歪めて、ヴァルガヌス様に食って掛かりました。

「ふざけんなよヴァルガヌス。帝国全軍を統括するだと？　皇帝陛下のみに仕える俺達近衛兵団が、一体いつテメエの指揮下に置かれたんだ？　ああ？」

「ああ、そうだったな。近衛隊と紅天竜騎兵団だけは〝まだ〟私の指揮下ではない。遅かれ早かれそうなるがね」

「テメエ……どうやらこの場で死にてえらしいな」

会話の流れから察するに、おそらく彼——イフリーテ様も後継者候補の方なのでしょう。

私達の視線に気づいたのか、イフリーテ様はこちらに振り向くと、敵意むき出しの顔で凄んできました。

「謁見を許されたからって勘違いしてんじゃねえぞパリスタンのクソどもが。敵国のヤツらに名乗る名なんてねえ。噛み殺されたくなけりゃさっさとここから消え失せろ」

無礼が過ぎるその言葉にレオお兄様とナナカが顔をしかめます。

ふふ。品性の欠片も感じないこの方の振る舞い、懐かしいですわ。いつかの奴隷商のもとにいた、ライカンスロープのドノヴァンさんを思い出します。今まで散々抑えてきましたが、ここまで侮辱されたら一発や二発殴っても文句は言われませんわよね？

「——無礼な言動は慎みなさい、イフリーテ」

こっそりと拳に手袋をはめようとしたその時でした。

炎帝殿の入り口の方から、中肉中背で穏やかな顔立ちをした赤髪の殿方がこちらに向かって歩いてきます。

バーン陛下が着ている物と良く似た、豪奢な衣服を着たその方は、イフリーテ様の前で立ち止まると、諭すような声音で言いました。

「皇帝陛下の後継者を名乗るのであれば、それにふさわしい立ち居振る舞いをしなければなりません。たとえ力のみで皇帝になったとしても、ただ暴威を振りまき、感情のままに暴れるだけでは誰も貴方を認めませんよ」

落ち着いた雰囲気ながらもはっきりとした意志を感じる声と、堂々とした立ち居振る舞い。赤い髪色に、皇帝であるバーン陛下と似た作りの服を着ているということは、この方も皇族の方でしょう。

イフリーテ様は、面倒くさそうに赤髪の方から顔を背けると吐き捨てるように言いました。

「けっ。知ったことか」

悪態が込められたイフリーテ様の態度に赤髪の方はため息をつくと、私達に向き直って頭を下げます。

「申し訳ございません、パリスタン王国のみなさま。彼の名はイフリーテ。皇帝陛下を守護する近衛兵団の団長を務めております。素行は悪いですが腕は立ち、陛下への忠誠心に関しては随一の男です。このたびの無礼な振る舞いの数々、彼に代わり私が謝罪いたします。どうか寛大な心でお許しください」

深く頭を下げている赤髪の方にジュリアス様が歩み寄ります。

ジュリアス様は彼の手を取ると、余所行きのさわやかな笑顔で言いました。

「頭をお上げください。私達は何も気にしておりません。それよりも……貴方とは以前、どこかでお会いしたことがありますね？」

顔を上げた赤髪の方は、ジュリアス様を見ると目尻を下げて嬉しそうに微笑みます。

「覚えていただいて光栄です。私の名はフランメ・レア・ヴァンキッシュ。ヴァンキッシュ帝国の第二皇子です。ジュリアス様とは幼き頃、一度だけお会いしてお話しさせていただいたことがあります」

「思い出しました。十年前の五か国会議の時、各国の王子達が集まって談笑をしていた庭園で、今後のロマンシア大陸の情勢について意見を交わしましたね」

「はい、懐かしいです。あれは本当に有意義で素晴らしい時間でした」

なにやら昔話で盛り上がっているようですが、そうですかあのお方がヴァンキッシュの第二皇子なのですね。

失礼ながら、ヴァンキッシュの皇族はみな腕力に物を言わせた脳筋系が基本だと思っていたので、あのような線の細い穏やかな方もいるというのは、この国に来て一番の驚きかもしれません。お二方の様子を興味深く見ていると、ナナカがこっそりと耳打ちしてきます。

「十年前って……そんな子供の時からあの二人、なんて意識の高い話をしてるんだ。ジュリアスらしいと言えばらしいけど」

「そんなことよりもジュリアス様のあの外面の良さ、まるで別人のようですわね。ほとんど詐欺《さぎ》じゃありませんこと？」

ここそこ話をする私達に隣にいるレオお兄様が疲れ切った声で言いました。

「お前達、不敬だぞ……」

度重なる心労ですっかりお声にもお叱りにも元気が感じられないレオお兄様。

ご安心くださいませ、お兄様。

後継者候補の方のご紹介もそろそろ終わりそうな雰囲気ですし、個人的には残念ではありますが、フランメ様という常識人の登場により場の空気もすっかり落ち着きました。

これ以上はさすがに何も問題は起こらないでしょう——と、思っていた矢先。

聞き知った暑苦しい殿方の大声が、殿内に響き渡りました。

「——待たせたな、諸君！」

どこにも姿が見当たらなかったため存在を忘れておりましたが、一番場をややこしくするおバカさんがまだ一人、後継者候補に残っていたのをすっかり失念していました。

そのお方——アルフレイム様は突然天井から降ってきて私達の前にシュタッと着地すると、腕を組んだ仁王立ちの態勢で叫びます。

「そして！　私が！　次期皇帝の！　アルフレイム・レア・ヴァンキッシュである！　平服せよ、皆の者！」

アルフレイム様の登場に、一瞬周囲が静まり返ります。

その直後、右手側のイフリーテ様から強烈な殺意が吹き上がりました。

「笑えねえ冗談だなテメエ……ぶっ殺されてえのかアルフレイム」

額には血管が浮き上がり、ギリギリと歯を噛み締めたその顔は明らかな怒りに染まっております。

血が滲む寸前まで握り込まれた拳と、四肢を床につけて低く身構えたその極端な前傾姿勢は、臨戦態勢に入った肉食獣のようでした。

そしてイフリーテ様に追従するように、左手側のヴァルガヌス様からも冷たい敵意の空気が湧き上がります。

「確かに今の言葉は聞き捨てなりませんね、アルフレイム殿下。次期皇帝はまだ決まっていない。後継者候補である我ら全員にその資格があるはずだ」

口元には笑みこそ浮かんではいるものの、ヴァルガヌス様の目はまったく笑っていません。

アルフレイム様の一方的な皇帝宣言に、明らかな怒りを覚えているようでした。

そんなお二方の様子を見て、フランメ様がため息をつきます。

「兄上……また二人を怒らせるようなことを」

また、ということはアルフレイム様がお二人を怒らせるのはおそらく日常茶飯事なのでしょう。

敵対派閥ということを抜きにしても、あの無神経な言動では憎まれても仕方ないような気がします。さすがは空気が読めないことに関してはヴァンキッシュ随一の方ですわね。殴りたい。

「我が国で最も武勇に優れ、人望溢れる私が皇帝の座を戴《いただ》くのはヴァンキッシュの古《いにしえ》の習わしからも必然であろう？　むしろ私は、なぜお前達がことあるごとに異を唱えているのかが理解できん。なぜだと思う、ジンよ」

首を傾げながら不思議そうな顔をするアルフレイム様。

その言葉にアルフレイム様の背後に控えていたジン様が無表情で答えました。

「さあ。そういう空気が読めないところが原因じゃないですかね」

私を含めたパリスタン勢が全員でうなずきます。

というかどれだけ自己評価が高いんですかこの脳筋《アルフレイム》。現在進行形で人望がないくせに。

というかこの方、山賊狩りの時にそういったヴァンキッシュの古《いにしえ》からの習わしからは脱却したようなことを語っておりませんでしたか？

普段は否定しておきながら、ご自分の正当性を主張する時だけ、都合良く習わしを持ち出してくるなんて。なんというういい加減なお方なのでしょう。

「……古《いにしえ》の習わし、そう言いましたねアルフレイム殿下」

ヴァルガヌス様が何かを企んでいるかのような低い声でつぶやきます。

「ああ、言ったぞ！　それがどうかしたか！」

ドヤ顔で答えるアルフレイム様に、ヴァルガヌス様は嘲笑を浮かべながら言いました。

「知っていますよ。貴方は業火宮なる後宮を作り、多くの女を囲うだけ囲った挙げ句、結局伴侶《はんりょ》の一人とて娶《めと》っていない。それは貴方が今まさに口にした、ヴァンキッシュの古《いにしえ》の習わし——強き王は自らの力に見合うだけの力を持った伴侶《はんりょ》を娶《めと》るもの、という教えに反しているのではないですか？」

……後宮に女を囲うだけ囲って、ですか。

奴隷オークションの時に求婚されて以来、ことあるたびに私に歯が浮くようなセリフを吐いてくるので、軟派な方だとは思っておりましたが……まさかそこまで節操《せっそう》がなかったとは思いませんでしたわ。

これからは女の敵ということで、今まで以上に容赦なく拳と足で対応させていただきましょう。

「むむ？　どこからか私を見つめる乙女の情熱的な視線を感じるぞ。まったく罪作りな男よな、私も」

「能天気な男《バカ》の間違いでしょう」

ジン様に突っ込まれながらもいつも通り、どこ吹く風のアルフレイム様。

そんな様子に業を煮やしたのか、ヴァルガヌス様は不機嫌そうな表情で舌打ちします。

「女の一人も幸せにできないような甲斐性のない男が、すべての民を導く皇帝になどなれるものか。アルフレイム殿下、貴方は皇帝の器としてふさわしくない。大人しく身を引きなさい」

「引かぬ！　詫びぬ！　甲斐性もある！」

「かけらもないわ！」

この説得力のなさ。

思わずヴァルガヌス様の口調が乱れてツッコミを入れてしまったのも無理はないですわね。

「ジン殿、本当にそのような風習がかつてヴァンキッシュにはあったのか？」

ジュリアス様が傍にいたジン様に問いかけます。ジン様は口論を続けているアルフレイム様とヴァルガヌス様を見て、ため息をつきながら答えました。

「最早風化した古い習わしではありますが、皇帝とはかくあるべきだという教えのひとつに、そのようなものがあったと聞いております」

本当にそのような風習があったのですね。

まあ、優秀な血筋を引き継がせるために、相応しい伴侶《はんりょ》を娶《めと》るという行い自体は貴族社会においてはごく当たり前に行われていることではあります。ですが、家格のつり合いなどを一切無視して、伴侶《はんりょ》に必要な要素を強さに限定しているあたりは実にヴァンキッシュらしいですね。

そんな風に私が納得している傍ら、ジュリアス様はジン様にさらに質問を重ねます。

「パリスタンの認識ではヴァンキッシュ帝国は力こそが至上の価値観であり、先ほどアルフレイム殿が言ったように、最も武勇が優れる者が皇帝の座につくものだと思っていた。だがかつてあったという古き風習は廃れ、後継者候補の顔ぶれも武力だけで選んだとは思えないような幅広い人選がされている以上、その考えすらも今のヴァンキッシュでは古いものとして扱われているのではないか？」

そういえば、ジュリアス様は現在のヴァンキッシュ帝国の実情を知らないのでしたね。

周囲の国を油断させるために、あえて以前の武力至上主義の印象をそのままにしているとアルフレイム様は語っていましたが、第一王子として国家間の機密情報を把握しているジュリアス様も知らないとなると、その戦略は有効に機能しているようです。

「……そのお考えは正しいともそうでないともいえます」

ジン様のお話に私達パリスタン王国の人間全員が耳を傾けます。

「まず、ヴァンキッシュ帝国の皇帝になるための条件――最も強い者が皇帝となるという考えは今も昔も変わりありません。ただ――」

ジン様がバーン陛下の方に視線を向けます。そこには偉大な皇帝に対する崇敬《すうけい》が見て取れました。

「個の武力だけが力の強さとされてきた歴代の皇帝陛下の方々とは違い、バーン陛下は他の様々な能力も武力と同等の力を持つものとして認められています。たとえば――」

ジン様がヴァルガヌス様とイフリーテ様に視線を向けます。

アルフレイム様の副官であるジン様にとってお二方は敵対派閥ではありますが、その実力は認めていらっしゃるのでしょう。

彼らに向けられるジン様の視線には敵意ではなく、強者に対する敬意が感じられました。

「戦には欠かせない軍略に発揮されるヴァルガヌス様の頭脳。戦力の要であり友である飛竜に一目で好かれるイフリーテ様の特異体質。お二方の才能は我が国にとって、替えが利かない唯一無二のものであり、ヴァンキッシュ帝国に多大な貢献をしているため、後継者候補足るにふさわしい〝強さ〟を持っていると評価されています。それは対立している派閥である我らとて同じように認めていることです」

その話を聞いて、ジュリアス様が納得したとばかりにうなずきます。

「道理で城内に入ってから、戦闘に特化しているとは思えない文官らしき者の姿を多く見かけるわけだ。そもそもにして我が国にゴドウィンを通じて謀略《ぼうりゃく》を仕掛けてきた辺りから、何か違和感を感じてはいたが、その原因がこれではっきりしたな」

ジュリアス様が目を細めてバーン陛下を見て、隣にいる私にしか聞こえないような小声でつぶやきました。

「……ヴァンキッシュ帝国皇帝、バーン・レア・ヴァンキッシュ。剛毅な見た目や振る舞いに反して、腕力だけに頼らない合理的で柔軟な思想を持ち、歴代で最もヴァンキッシュ帝国を繁栄させた偉大な王……まったく、厄介な男が隣国にいたものだ」

アルフレイム様からバーン陛下のお話を聞いた時、私も同じような感想を抱きました。

尊敬の念を抱く一方で、敵に回せばこれほど恐ろしい方もいないだろうと。

「――しかしこれは面倒なことになったな」

ジュリアス様が憂鬱そうな顔で前髪をかきあげます。

「こちらはここに来るまでアルフレイム殿に『皇帝はすでに私に決まっている！』と聞いていた。その発言を鵜呑《うの》みにしていたわけではないが、少なくとも皇位継承において他の候補者より優位な立場にはいるものと思っていたのだが……」

ジュリアス様はジン様に視線を向けると、真剣な顔で問いました。

「ジン殿。忌憚《きたん》なき意見を聞かせてもらいたい。貴方の目から見て、アルフレイム殿は次期皇帝に選ばれると思うか？」

ジン様はその問いかけに目を伏せ「それは――」と、何か言葉を選ぶように口を開きかけます。しかし、有無を言わさないジュリアス様の雰囲気に、言いつくろっても無駄だと悟ったのでしょう。

「……古い習わし通りであれば間違いなく圧倒的な個の武力を持つアルフレイム殿下が次期皇帝になられたでしょう。ですが、強さの多様性をお認めになられるバーン陛下は、後継者候補である方々は皆同等の〝力〟を持っているとお考えのようですので――」

そう言った後、ジン様は諦めたような表情で口を開きました。

「俺の目から見ても、正直どの方が次期皇帝に選ばれるかはまったく分かりません」

その答えに、ジュリアス様は先程ご本人が声に出した通り、面倒くさいことになったと言いたげな顔で肩をすくめます。

身内のジン様がそう言ったくらいなのですから、本当に皇帝は誰になるか誰も分からない状態なのでしょう。

正直な話、私もバーン陛下のお考えを聞いた時点で、武力しか取り柄がない脳筋のアルフレイム様が、本当に皇帝になれるのか疑問に思っておりましたが。

ジュリアス様もアルフレイム様と手を組んだ時点で一筋縄では行かないと予想していたでしょうし、さほど驚いてはいないようでした。

ですが、常識人でいらっしゃるレオお兄様のお考えは違っていたようで――

「……それでは話が違う！　我々はそもそもアルフレイム様が次期皇帝に最も近い方であるという、そちら側から聞かされていた情報を前提にして協力関係となったのですよ！　今回もヴァンキッシュで内々に行われるという現皇帝が次期皇帝にアルフレイム様を指名する式典に招待するというから、危険を冒してまで未だ敵国である貴国にわざわざ足を運んできたのです……！」

レオお兄様が怒りの表情を浮かべ、周囲に聞かれないように小声でジン様に詰め寄ります。

極秘任務というのは次期皇帝を指名する式典に参加することだったのですね。

それはまた、私もとんでもない時期にヴァンキッシュにお邪魔してしまったものです。

検問所の空気がピリピリしていたのも納得ですわ。

「申し訳ございません。我が主のことながら、返す言葉もありません」

ジン様が申し訳なさそうに頭を下げます。

お可哀相だとは思いますが、彼もアルフレイム様の置かれている状況を知っていながらあえて黙っていたのでしょうし、パリスタン側の人間として同情の言葉はかけられませんわね。

まあ、すべては調子の良いことを言ってこちらを騙していたアルフレイム様のせいですので、後ほどボッコボコにブン殴るとしましょう。

「それがここまで来て嘘だったと？　もしアルフレイム様が皇帝に選ばれなかったら、どう責任を取るおつもり――」

「よせ、レオ。ジン殿に言ったところで今更何も状況は変わらん」

なおも怒りが治まらない様子のレオお兄様に、見かねたジュリアス様が割って入りました。

「しかし……！」

「賽《さい》は投げられた。まんまと騙されていたことは業腹ではあるが、アルフレイム殿の協力者として賭けに乗ってしまった以上、こちらもすでに退くことはできん。彼が皇帝になれるように尽力するほかなかろう」

「……っ」

レオお兄様が納得が行かないと言いたげな表情で口をつぐみます。ジュリアス様はレオお兄様を落ち着かせるようにその肩に手をおくと、ジン様に視線を向けて言いました。

「アルフレイム殿が皇帝になることがほぼ決まっていた状況とはあまりにも大きすぎる程度の差こそあるが、元より同盟を組んだ時点で彼の皇位継承に協力するつもりではいたのだ。こうなったら是が非でも、アルフレイム殿には皇帝になってもらわねばな。そうでなければこれまで私がしてきた時間と労力という名の投資がすべて水泡に帰す。そんな無駄なことはほかでもない私自身が断じて許さん」

ジュリアス様の言葉に、ジン様は顔を上げると安堵した表情で、再び頭を下げます。

「そう言って頂けると助かります」

「なに、すべての非は貴方の主にあるのだ。恨みつらみは後ほどまとめてしっかりと彼に清算して頂くとしよう。レオもそれで良いな？」

レオお兄様は顔を手で押さえて、疲れた様子でジュリアス様に「はい」と答えました。

そしてジン様に向き直ると……詰め寄ってしまったことに罪悪感を感じていらっしゃったのでしょう。申し訳なさそうな顔で頭を下げました。

「ジン殿、感情に任せて言葉が過ぎました。非礼をお詫びいたします」

「いえ、レオナルド殿のお立場からすれば当然の反応です。どうかお気になさらずに」

ジン様の言葉にレオお兄様は頭を上げると、苦笑しながら口を開きます。

「……お互いに、大変な立場ですね」

「まったくです」

うなずき合って、握手を交わすお二方。

仕える主が互いに周囲を振り回す方なので、通じ合うところがあるのでしょう。

一時はどうなることかと思いましたが、なにはともあれ、お二方の関係がこじれるようなことがなくて良かったですわ。

「……なあ」

会話が一段落すると、今までずっと黙っていたナナカがおずおずと声をあげます。

「ちなみになんだけど、アルフレイム以外の他の後継者候補には伴侶《はんりょ》がいるのか？」

確かにそれは私も気になります。

他の方にもいないのであれば、アルフレイム様だけにふさわしい伴侶《はんりょ》を求めるのは言いがかりも甚だしいですし。

私以外の皆様も同じ疑問を抱いたのでしょう。皆様の視線が自然とジン様に集まります。

ジン様は「そうですね」とうなずいてから私達に答えました。

「候補者全員に妻がいます。そもそもヴァンキッシュでは一人前の戦士として認められる十五歳の誕生日に求婚して、そのまますぐに夫婦となるのが一般的です」

「へえ。国によって随分文化が違うんだな」

ジン様の答えに、ナナカが感心したようにうなずきます。

パリスタン王国の貴族は婚約こそ幼い頃に交わしますが、実際に結婚するのは学院を卒業し、領地の運営を任され始める十八歳以降になることがほとんどですものね。

まあヴァンキッシュはヴァンキッシュで何かしらの事情があった上でそのような文化になっているのでしょうから、私達他国の者がとやかく言う問題ではありません。

ですが、たとえその文化的背景を理解した上であったとしても。

決まった相手も作らずに後宮で愛人をはべらせているアルフレイム様が、女の敵であり許されざる存在である認識は変わりません。

そして当のアルフレイム様はというと――

「いい加減に自分が皇帝の器ではないと認めなさい、アルフレイム殿下！」

「天地がひっくり返ったとしても絶対に認めぬ！　私以外にヴァンキッシュの皇帝にふさわしい者などいようはずもない！」

まだヴァルガヌス様と口論をされていました。

顔合わせの謁見はもう済みましたし、そろそろ私としてはこの場をお暇してレックスの病気の調査に向かいたいのですが。

「何度も言うように伴侶もいない貴方に皇帝は務まりませんよ。殿下自身が言ったのですよ。古の習わしに従うなら、とね」

ヴァルガヌス様がアルフレイム様を嘲笑します。

それに対しアルフレイム様は、自信満々のドヤ顔で返しました。

「なんだ、まさか貴公はそのような些事だけを理由にして、私を皇帝として認めまいとするのか？　それならば何も問題はないな！」

ヴァルガヌス様から背を向けたアルフレイム様が、おもむろに私のほうに歩み寄ってきます。

私に何か御用なのでしょうか。

首を傾げていると、私の隣まで歩いて来たアルフレイム様が、腰に手を回してきて言いました。

「なぜなら俺はここにいる銀髪の美しいご令嬢と結婚することがすでに決まっているのだからな！」

「……は？」

次にアルフレイム様が私に触れようとしてきたらブン殴ろうと思っていたのに、驚きのあまり固まって動けませんでした。

私と結婚する？　皇帝陛下を前にした正式な謁見の場でそのような戯《たわ》けた事をほざくなんて、正気ですか？

「ふざけるのも大概にしてください。私は貴方と結婚するつもりは――」

アルフレイム様を睨みながら、馬鹿な発言を撤回させようと襟元を掴みます。

しかしそんな私の言葉をさえぎって、ヴァルガヌス様はアルフレイム様を馬鹿にするように「はっ！」と鼻で笑いました。

「見苦しい真似はおよしなさい。どこの国のご令嬢かは知らないが、その場しのぎで連れてきた偽りの花嫁を伴侶《はんりょ》などと認められるはずがないでしょう」

ヴァルガヌス様……！

検問所の衛兵の方々の監督不行き届きで、いつかぶっ飛ばそうと思っておりましたが。

まさか私のフォローをして下さるなんて、良い働きをしてくれましたね。

殴る時はパンチひとつ分、おまけし差し上げましょう。

「ヴァルガヌス様のおっしゃる通りです。私は――」

ここぞとばかりに弁明の言葉を口にしようとしたその時でした。

考え込むように黙っていたフランメ様が「お待ちください」と声を上げます。

なぜでしょう。この方はヴァンキッシュ帝国でも屈指の常識人で、その発言には信頼がおけるはずですのに。今から口にする言葉にはとても嫌な予感がいたします。

「……美しい銀髪に赤いドレス。そして一切の無駄がない、ただものではない立ち居振る舞い。もしや貴女は、パリスタン王国にその方ありと言われた〝銀髪碧眼の戦乙女《ヴァルキリエ》〟スカーレット・エル・ヴァンディミオン様ではありませんか？」

「⁉」

ヴァルガヌス様が目を見開き、驚きの顔で私を見ます。

それに続くように、その場にいた近衛兵の方々が私を見てざわめきだしました。

「あれが噂の撲殺姫スカーレット⁉」

「七メートル級の飛竜を指先ひとつで気絶させた、あの⁉」

「いや、俺が聞いた話によると、アルフレイム様をパリスタンからヴァンキッシュまで己の腕力だけでブン投げたらしいぞ！」

「あの細腕でどうやって……とんだ化け物じゃねえか」

噂が噂を呼び、私に大勢の近衛兵の方々の好奇の視線が集まります。

この城に来てからいつかはこんなことになるのではないかと思っておりましたが、まさか今だなんて。

しかも彼らの口から聞こえる話から察するに、不名誉な二つ名が増えていたばかりか、根も葉もない噂話が大量の尾ひれをつけて広まっているようです。

検問所の衛兵の方もここにいる近衛兵の方もそれを知っているということは、最早ヴァンキッシュという国中に私の噂は広まっているかもしれません……最悪ですわね。

「……バーン皇帝陛下にご挨拶申し上げます」

ここまで来たらこれはもう考えを改めて、逆に汚名返上の良い機会と考えましょう。

皇帝陛下の御前であり、後継者候補の方々も勢ぞろいしているこの場でキチンと釈明をして、私がいかに瀟洒《しょうしゃ》で気品溢れる淑女《しゅくじょ》かということを皆様に知らしめるのです。

そうすれば今後少なくともヴァンキッシュ国内では、誤った風聞により広まったおかしな二つ名で呼ばれることもなくなるでしょう……多分。

「パリスタン王国ヴァンディミオン公爵家が長女、スカーレット・エル・ヴァンディミオンと申します」

スカートの裾を摘まみ礼をすると、バーン陛下は「おお！」と声を上げ、上機嫌なお顔でご自分の膝を叩きます。

「噂は聞いておるぞ！　そなたが拳ひとつで数々の悪逆《あくぎゃく》の徒を殴り殺し！　屍の山の上で優雅に紅茶を嗜むという暴虐の公爵令嬢！　武名高きパリスタンの女傑、業火の花嫁スカーレット・エル・ヴァンディミオンか！　会えて嬉しいぞ！　もっと近くで顔を見せてくれ！」

顔を引きつらせながら言われた通り、玉座がある階段の手前まで歩いていきます。

途中ヴァルガヌス様とイフリーテ様から明らかに敵意の交じった視線を送られました。

もしや私がアルフレイム様を皇位に押し上げるための花嫁として、この場で名乗り出たとでも思っているのでしょうか。私はただこの脳筋に勝手に巻き込まれただけの被害者ですし、この状況となったのも完全なる不可抗力なのですが。

そして私から顔を背け、肩を震わせて笑いをこらえているそこの腹黒王子。

何を笑っているのですか？　いっぺん死んでくださいませんか？

「陛下。先ほどアルフレイム様が私と結婚とおっしゃられましたが――」

「よかろう！」

えっ。

「近くで見てすぐにわかった！　細身ながらもその鍛え上げられたしなやかな肉体に、寸分の隙もない洗練された立ち居振る舞い！　我が息子の相手として申し分ない！　アルフレイムよ！　良き妻を見つけたな！」

「そうであろう！　そうであろうよ父上！　我が花嫁は最高であろう！」

「「わっはっは！」」

なにをバカ笑いしているんですかこの脳筋クソ親子は。

ああ、もう……なんだかすべてが面倒になってまいりました。

いっそのこと、この場にいる全員をブン殴って記憶を消してしまいましょうか。

「……待て、スカーレット」

ささやき声に振り向くと、背後にはいつの間にかジュリアス様が立っておりました。

微笑をたたえたその顔を殴りたくなるのを抑えながら、私は感情を押し殺した小声で返します。

「……何を待てと？　私はただ、いわれなき婚約をでっちあげられ貶められた乙女の矜持《きょうじ》を自らの拳《て》で取り戻そうとしているだけですが」

「フッ……貴女ならそうすると思っていた。正直、私もここにいる者が貴女に片っ端から殴られて宙を舞う様にはとても興味が惹かれるが、ここは一度拳を収めてはくれまいか」

「一度ではありません。もう何度も拳を収めております。それで状況が良くなったとは私にはとても思えませんし、鬱憤《うっぷん》が溜まる一方です。それでもまだ、私にこらえろと言うのですか？」

「ああ。私に考えがある。結婚などは絶対にさせんから、とりあえず今は大人しくしていてくれ」

「そうやって何度貴方の口車に乗せられて騙されたことか。もうその手には乗りませ――」

そう言って、顔を背けようとした私に。

ジュリアス様はさらに顔を近づけてくると、私の耳元でささやきました。

「――この私が、この世で一番大切に思っている貴女を。あのような無礼な輩《やから》どもに譲ると本気で思っているのか？」

「……っ」

普段よりも少しだけ低くて感情がこもったその声に。

私は目を見開いて、ジュリアス様の顔を見返します。

目を細めて少しも笑っていないその真剣なお顔を見て、私は――

「……わかりました」

力を抜き、握りしめた拳を解きました。

別にジュリアス様にほだされたわけではありません。

国のためを思って、ここまで散々暴れるのを最小限に抑えて我慢してきたのに。

一番大事なこの場ですべて台無しにするのはバカらしいと思っただけです。

「……責任、取ってもらいますから」

誰にも聞こえないように口の中だけでそうつぶやいたのに、ジュリアス様は聞こえたかのようにフッと微笑みました。本当に腹立たしいお方。これでこの場を収めるためだけに適当なことを言っていたことがわかったら、後で酷いですわよ。

私が大人しくなったのを見ると、バーン陛下は嬉しそうに手を叩き口を開きます。

「よし、早速正式に婚儀《こんぎ》を――」

玉座から立ち上がったバーン陛下がそう言いかけて――突然目を見開き、硬直しました。

一体どうしたのでしょう。

不自然なその仕草にその場にいる全員が困惑する中、バーン陛下は――

「――ごふっ！」

突然大きくせき込み、床に崩れ落ちました。

一瞬何が起こったのか理解できず、私達は呆然としてしまいます。

そんな中、アルフレイム様とフランメ様が血相を変えた表情で叫びました。

「「父上！」」

胸を押さえてせき込み続けるバーン陛下に駆け寄るお二方。

続いて「陛下！」と近衛兵の方々も一斉に玉座の周囲に駆け寄りました。

しかしその誰よりも早くバーン陛下の傍に駆け寄ったのは――ヴァルガヌス様でした。

「誰か！　すぐに皇宮医を呼べ！」

ヴァルガヌス様の叫び声に、バーン陛下のもとに集まろうとしていた近衛兵の方の何人かが慌てて殿内から出て行きます。皇宮医を呼びに行ったのでしょう。

その場にいる全員が焦燥にかられる中、バーン陛下は身体を支えようとするヴァルガヌス様を手で制します。

ゆっくりと身を起こしたバーン陛下は、服の袖で口元をぬぐって言いました。

「……大げさにするでない。客人の前であるぞ。暗殺者に襲撃されたわけでもあるまいに」

顔色こそ先ほどと変わらず平静を装ってはおりますが、ぬぐった服の袖に赤い血の色がついているのが見えました。

そんな私の視線に気づいたのかバーン陛下は袖を見られないように背中に隠します。

そして、何事もなかったかのように笑みを浮かべて言いました。

「すまぬな、パリスタンの客人達よ。つい最近、魔物どもとの戦いで負った傷がまだ治らなんだ。少し休む故、積もる話はまた後日にさせてもらうとしよう」

「……はい。お大事になさってくださいませ」

礼をしながら答えると、バーン陛下は手をあげて私に答えます。

立ち上がったバーン陛下は、そのまま歩き出そうとしますが、先程のせき込みが余程身体に負担だったのでしょう。足取りがおぼつかずふらりとよろめいてしまいました。

「陛下、肩を」

そこをすぐさま傍らにいたヴァルガヌス様が肩を貸して支えます。

バーン陛下を支えたヴァルガヌス様は、玉座の裏にある少し離れた位置のドアに向かって怒りの表情で叫びました。

「ルク！　何をしている！　早く来ないか！」

声に答えるかのように玉座の裏のドアが開きます。

そこには暗い紫色の髪をして前髪で片目を隠した少年が立っていました。

召使の子供なのか、簡素な服を着た彼は、うつむきおどおどとしていて落ち着きがなく、玉座に向かって走っている途中も何度も転びそうになります。

それでもなんとかバーン陛下のもとに駆け寄った彼に、ヴァルガヌス様はいらだった様子で吐き捨てるように言いました。

「このグズが。呼んでからここに来るまでにどれだけの時間をかけている。本当に使えん竜人だ」

「ご、ごめんなさい、ヴァルガヌス様……」

ルクと呼ばれた少年が申し訳なさそうに頭を下げます。竜人……特徴である角が見えませんが、この子も竜人なのでしょうか。

意外とたくさんいらっしゃいますわね、竜人族の方。

「陛下をお部屋までお連れしろ。お身体に障らぬように、くれぐれも慎重にな」

「わ、わかりました。陛下、お肩を……」

バーン陛下は目を閉じ無言でルクさんの肩を借りると、玉座の裏のドアへと去っていきます。

その様子を私達パリスタンの人間は深々と礼をして見送りました。

あの吐血……バーン陛下のおっしゃる通り外傷が原因であるならば、薬や魔法で治癒をすれば吐血をするほどにお身体を悪くすることはないはずですが。

もしや何か簡単には治せないような病でも患っていらっしゃるのでしょうか。

皇帝の地位を譲ろうとしているのも、それが原因で……？

「……パリスタンの諸君」

アルフレイム様が真剣な表情で私達を見渡します。

このお方にとっても、バーン陛下の吐血は予想外の出来事だったのでしょう。

いつもの騒がしい振る舞いはなりを潜めて、神妙な顔をしていらっしゃいました。

「私は父上のご様子を見てくる。諸君らは私の宮殿に来ると良い。ジン、案内を頼むぞ」

「承知いたしました」

アルフレイム様は私達から背を向けると、バーン陛下が出て行ったドアに歩いていきます。

その後ろをフランメ様が「兄上、私もまいります」と言って、ついて行かれました。

お二方が出て行くのを見送ると、ジン様は私達に向き直ります。

「パリスタンのみなさま。今からアルフレイム殿下の御殿、業火宮へと案内いたします。こちらへ」

突然の出来事に戸惑いながらも、私達はジン様の後をついて行きます。

レオお兄様は心労に次ぐ心労でげっそりとしたご様子で。

エピファー様は何かを考え込んでいるようなご様子で。

ナナカはもう慣れたと言わんばかりに達観した様子で。

私は二人の王子に振り回された挙句、誰も殴れず欲求不満な様子で。

そんな三者三様の表情で、炎帝殿から出て行く途中。

ジュリアス様が私に向かって小さな声でつぶやきました。

「……予想通りきな臭くなってきたな。貴女が望んでいた展開になる時も近そうだぞ、狂犬姫」

「……不謹慎ですわよ、腹黒王子」

そう言いつつも、この時私はふつふつと感じておりました。

「ですが、もし万が一その時が来れば――」

ゴドウィン様やテレネッツァさんを越える。

私が拳を叩き込むべき邪悪なお肉が出現するであろう予感を。

「――世のため人のため。思う存分に踊《なぐ》らせていただきますわ。淑女《しゅくじょ》らしく、ね」

◆　◆　◆

「……業火の花嫁とパリスタンの第一王子か。面倒なことになったな。計画に変更が必要だ」

「……どうでもいい。アルフレイムさえこの手でぶっ殺して、俺が最強だって証明できるならな」

第六章　ぶっ飛ばされる覚悟はよろしくて？

炎帝殿を出て、広大な王宮の敷地内を三十分ほど歩いたでしょうか。

皇族の居住区となっている宮殿が立ち並ぶ一区画の中に、その御殿はありました。

二メートルほどの低い壁に囲まれた、色鮮やかな赤い屋根が映える石造りの宮殿、業火宮。

アルフレイム様が居住しているというその御殿を、ヴァルガヌス様はたくさんの女性を囲い込んでいる後宮と呼んでおりましたが——

「アルフレイム様や従者《じゅうしゃ》の方々だけが住むにしては、広すぎるくらいに大きなお家ですわね」

皮肉のこもった私の言葉に、ナナカが「おい」と小声で言いながら袖を引きます。

「一応ここは元々敵の本拠地みたいなとこだぞ。あんまり刺激するようなことを言うな」

「そうですわね。これ以上刺激してはレオお兄様の胃が心配です」

「そっちじゃない……いや、そっちもだけど」

呆れた顔でため息をついたナナカは、業火宮を見上げると首を傾げて「でも」と続けます。

「確かに大きい宮殿ではあるけれど、言動も見た目も派手なアルフレイムが住んでいる場所にしてはなんていうか……普通の家って感じしないか？」

言われてみれば、これでもかというほど飾り立てられていた来賓用の部屋や炎帝殿に比べると、業火宮は随分と質素なたたずまいをしているように見えます。

アルフレイム様……実は私生活では倹約家だったのでしょうか。

「そのことに関しては私も少々気になっておりました」

声に振り向くと、いつの間にか私達の背後にはエピファー様が立っておりました。

彼女は眼鏡をくいと指で持ち上げ、息を吸い込むと息継ぎもなしに一気に語り出しました。

「本来、皇族の方が暮らす住居というのは暗殺や情報の漏洩を防ぐために、内側に閉じた作りとなっているものが一般的ですが、業火宮は門も低く建物の窓やドアは開け放たれて、外部に開けた作りとなっております。これはヴァンキッシュ帝国の伝統的な一般的民家とまったく同じものです。王宮内の他の建造物がロマンシア大陸の最新の建築様式を取り入れ、文明の粋を集めた最先端の作りであるにもかかわらず、なぜ業火宮だけがこのような古めかしい作りとなっているのか、とても興味を惹かれます。何か政治的な意図があってのことなのか、それとも歴史的背景があった上でのことなのか……」

止まらないエピファー様の勢いに私達が二の句を継げずにいると、レオお兄様がやんわりとした口調で言いました。

「エピファー。そのあたりで」

「……はっ。失礼しました」

興奮していつの間にか私達の前に歩み出ていたエピファー様がそそくさと後ろに下がります。

そのお顔はほんのりと赤らんでいるように見えました。

夢中になって語ってしまったことを恥じているのでしょう。

寡黙《かもく》な方だと思っておりましたが、意外な一面を垣間見てしまいました。

他国の文化や歴史などに興味がある方とはお聞きしていましたが、大変な熱量をお持ちのようで。

司書をやっていらしたのも、図書館にそういったものを記した文献がたくさん所蔵されているからなのでしょうね。

「パリスタン王国の方々」

門の前に立ったジン様が私達を見渡します。

彼は私を一瞥した後、業火宮ではなく道を少し行った先に見える別の宮殿を指さしました。

「業火宮はアルフレイム様が許可を出した女人以外は立ち入りが禁止されています。スカーレット様以外の方は、別邸が用意されていますのでそのまま俺について来て下さい」

その言葉にレオお兄様は顔色を変えると、真剣な表情で口を開きます。

「お待ちください。ヴァンディミオン公爵家の一人娘である我が妹を、正式な手続きも踏まずに勝手に妻であるかのように扱うのは――」

私の身を案じて抗議してくれようとしたのでしょう。お優しいですわね。

ですがそんなレオお兄様をジュリアス様は「レオ」と呼びかけて制止します。

ジュリアス様は私達の前に出ると、業火宮を見上げて言いました。

「男子禁制で気に入った女のみを囲う宮殿、か。いよいよもって後宮じみてきたな。エピファー、確かヴァンキッシュでは――」

ジュリアス様が話を振ると、エピファー様は眼鏡を指で直しながら口を開きます。

「ヴァンキッシュ帝国においては、皇帝以外の男性は一人の妻しか伴侶《はんりょ》にできない決まりになっていたと記憶しています」

「だ、そうだが？」

その言葉にジン様は眉根を寄せると、呆れているのか諦めているのかわからない複雑なお顔をされました。

「……俺の口からはなんとも」

なにやらジン様の口からは説明できない、込み入った事情があるようですわね。

ですが、それはそれとして。

いい加減、はっきりと言っておかなければならないことがあります。

ジュリアス様はおそらく私を通じてヴァンキッシュの内部事情を探るため、状況に身を委ねろと言っておりましたが……さすがに後宮なんかに勝手に入れられてはたまったものではありません。

「ジン様。謁見の際は会話の流れが急だったゆえに釈明できませんでしたが、私はアルフレイム様の妻になるつもりはありません。それなのに勘違いされたまま後宮に入れられて、既成事実を作られるような真似をされても困るのですが」

「ご安心を。業火宮での暮らしは入るのも出て行くのも含めて、すべて女人の自由意志に任せてあります。滞在したからといって強引に妻にさせられることはありませんし、夜伽《よとぎ》をする必要もありません。これは他でもないアルフレイム殿下ご自身が決められたことです」

その説明に私達は思わず首を傾げます。

かつてパリスタン王国にも存在したと言われている私が知っている後宮は、正妃であれ側妃であれ王の許しがない限り、一度入れば自由を奪われ、一生王宮の敷地外に出ることはかなわないものだったはず。

ですが、今の話を聞いた限りだと業火宮のあり方は、後宮と言うよりも気に入った女性をただそこに住まわせているだけのような――

「なあ、入る前提みたいに言ってるけど、そもそもアルフレイムが勝手に言ってるだけで妻でもなんでもないスカーレットがここに入る必要ってなくないか？　僕達が行く別邸っていうのは別に女が入れないわけじゃないんだろ？」

ナナカのもっともな意見に私もレオお兄様もうなずきます。

それに対してジン様は眉根を寄せ、少し困ったような顔で言いました。

「その通りです。その通りですが……スカーレット様にとってはこちらに滞在されたほうが都合が良いかと思います」

「都合がいい？　なぜでしょう」

「貴女がアルフレイム様から滞在を勧められた業火宮を避けたと、この宮殿の主である黒竜の姫が知れば、気難しいあの方はおそらく二度と話を聞いてくれなくなるでしょうから」

ああ、そういうことでしたか。

気配りができるジン様が、私がアルフレイム様の求婚に迷惑していることを知っていながら、業火宮への滞在を勧めてくるので妙に思っておりましたが。

私がレックスの低地病を治す方法を調べるために、ヘカーテ様にお話を聞きに行くことを予測して、後ほど門前払いされないように取り計らってくれていたのですね。

「わかりました。そういうことでしたら仕方ありませんわね。お邪魔させていただきますわ」

業火宮に足を向ける私にレオお兄様が焦った顔で「スカーレット⁉」と狼狽した声を漏らします。

そんなに心配なさらなくても大丈夫ですわよ、お兄様。

いざとなればこの拳で立ちはだかるすべての障害を片っ端からぶっ飛ばしますし。

まあ、ですが妹を心配するレオお兄様のお気持ちも分かりますので、ここは一つ折衷案を提示させていただくとしましょう。

「私一人だけでは何かと不便ですので、ナナカを身の回りの世話をする従者《じゅうしゃ》として、連れて行ってもよろしいかしら」

「従者《じゅうしゃ》ですか。アルフレイム殿下からはこちらの者を一人付けると聞いておりますが……」

チラリとジン様がナナカを見てから、仕方ないという風にうなずきます。

「その少年ぐらいなら構わないでしょう。もしあのクソ皇子がなぜ男がいるのだ、などと文句を言ってきたら遠慮なく殴ってください」

「ありがとうございます。いわれずとも容赦なく殴るつもりでしたわ」

さわやかな微笑を浮かべ合う私とジン様。

その傍らでレオお兄様がナナカに、「しっかり者のお前が傍にいるなら多少は安心だ。くれぐれもよろしく頼むぞ。スカーレットが問題を起こさないように」と真顔で言い聞かせておりました。

もう、心配性なんですから。みなさまの前で恥ずかしいですわ。

「行きますよ、ナナカ。それではみなさま。また後ほど」

スカートの裾をつまんで礼をします。

そんな私を見てジュリアス様は良くやったと言わんばかりに、片目をつむってウインクをしました。何を考えているのか知りませんが、貴方の策略のために気を利かせたわけでは断じてありませんからね。

あっかんべーで返して差し上げますわ。

皆様と別れた後、私とナナカは業火宮の門をくぐって庭らしき場所に出ました。

地面には石畳が広がり、ところどころに朱色の灯篭が置かれただけの殺風景なそこは、やはり皇族の方の住居にしては地味で彩りにかける印象を受けます。

ナナカも同じ印象を持ったのでしょう、辺りを見回しながら訝しげな表情をしていました。

「……なにもないな」

「そうですわね。せっかく広いお庭ですのに花壇のひとつもないなんて、寂しいですわ」

「それもあるけど、何より人の気配が全然ない」

確かにナナカの言う通りですわね。

門に衛兵の方がいないことも気になってはおりましたが、庭に侍従や下働きの方はおろか、一人の人間すら見当たらないというのは少し妙です。

「肌寒いから、みなさん宮殿の中にこもってじっとしていらっしゃるのかしら」

「それにしても獣人族の僕の耳と鼻で、音や匂いひとつ感じないっていうのは変だ。まるで巧妙に痕跡を消されてるみたいに……っ!?」

突然、音もなく私達の前方にあった宮殿の入り口のドアが開きました。

ナナカが腰を落とし緊迫した顔で身構えます。

「誰もいる気配がなかったのに……！　何かの加護の力か？　気をつけろ、スカーレ——」

次の瞬間、建物の陰で暗がりになっていて先が見えないドアの奥から、大型犬ほどの大きさをした毛深い茶色の獣のようなものが飛び出してきました。

なぜアルフレイム様の住居に魔物の姿が？

困惑しながらも迎撃しようと拳を構える私の少し手前で、魔物のような何かは四本の足で石畳の上に着地します。

日の当たる場所で全貌が見えたその生き物は、身体こそ完全にふさふさの毛をした犬のそれですが、顔の部分だけが飛竜とそっくりでした。

そしてその生き物の背の上には——

「いらっしゃーい、スカぽよ、待ってたよ」

紅天竜騎兵団の一員で、目の下にくまがある小柄なくせっ毛の子——ノアさんがまたがっていました。

ヴァンキッシュの民族衣装らしい女性用の着物を着たノアさんは、にまーっと口元をほころばせます。

「ようこそぼく達のお家、業火宮へ。これからよろしくね、業火の花嫁さん」

この女性物の衣服に業火宮を僕達のお家と呼んでいる、ということはノアさんはもしや——

「お、お前……女だったのか⁉　しかもここにいるってことはアルフレイムの嫁⁉」

ナナカが驚きの声をあげます。

子供特有の中性的な高い声をしていたので気づきませんでしたが、女の子だったと言われれば立ち居振る舞いも男の子らしくもなく無邪気なものでしたし、特に違和感もありません。

ノアさんは謎の生き物のもふもふした毛が溢れる背中に全身で抱きつくと、無気力感溢れる間延びした声で言いました。

「そうだよーって言いたいとこだけど、アル様はぼくのパパだから結婚することはできないんだ。残念だねー。あーもふもふで気持ちいーね〜。よーしよしよし」

「ぐるるる……」

ノアさんに喉元を撫でられた謎の生き物が、目を細めて竜のような犬のような低い声で気持ちよさそうにうなります。

あの手入れされたふさふさもふもふな毛並み、素晴らしいですわね。

できることなら私も一度、あの背に顔をうずめてもふもふしてみたい——ではなく。

今なにか、衝撃的な発言がノアさんのお口から聞こえてきましたわね?

「ノアさんはアルフレイム様のご息女なのですか?」

「そうだけど、そうじゃないよ」

「そうだけど、そうじゃない……?」

要領を得ない受け答えに首を傾げます。

そんな私を見てノアさんは謎の生き物の背から体を起こし、胸を反らすと、誇らしげなお顔で言いました。

「アル様はね、孤児だったぼくを拾って、この業火宮で育ててくれたんだ。だからアル様はパパだしパパじゃないんだよ。わかったー?」

……そういうことでしたか。
十二、三歳になる子供がいながら、私に対して執拗に求婚を申し込んできたのかと思い、思わず殺意が湧きかけましたが。どうやら杞憂《きゆう》だったようです。
無意識にバキバキに握りしめていた拳から力を抜くと、それを横目で見ていたナナカがぼそっとつぶやきました。

「命拾いしたな、アルフレイム……」

大げさですね、ナナカは。

命までは取りませんわ。

ただ、女の敵には死ぬほど痛い目にあってもらうだけの話です。

「ノアさん。出迎えに来ていただいて感謝いたします。宮殿内に案内していただいてもよろしいかしら？」

「いいよ。そのためにわざわざ〝ぼくだけ〟出てきたからね。ついておいでー」

ノアさんが「れっつごー」と無気力そうな声で言うと、謎の生き物がこちらにお尻を向けて四足歩行でのしのしと宮殿の入り口に歩いて行きます。

その背中をじーっと見ながら、ナナカは訝しげな顔でつぶやきました。

「ほんとになんなんだあの生き物……良く見たら尻尾には鱗がついてるし。竜？　犬？」

そういえばノアさんが乗っていた別の飛竜も、他の飛竜と違って首がたくさんついておりましたね。

「随分と姿形が違いますが、その子はもしや飛竜の亜種《あしゅ》なのでしょうか？」

私が尋ねると、ノアさんはチラリとこちらを振り向き、にまーっと笑いました。

「ないしょ。スカぽよが本当にぼく達の家族になったら教えてあげる」

ノアさんを乗せた生き物がぴょんっと跳ねて、開いたドアから宮殿内に飛び込みます。

するとノアさんは存在が消失してしまったかのように、音も匂いも気配も消えてしまいました。

これはもしや――

「――結界ですね」

「……獣人族の僕でも察知できないわけだ。別の空間にいるなら匂いも気配もあったもんじゃない」

間近で見て確信いたしました。

この宮殿には魔法か加護か魔道具か、いずれかの手段によって中と外の空間を隔絶する結界が張られているようです。

守りがやけに手薄なのも納得しました。

今は結界の主が受け入れているためか私達でも通過できるようになっているようですが、拒絶された場合、これを外部から突破するのはいかなる力を使ったとしても至難の業でしょう。

それを見越して私をここまで連れてきてくれたジン様のお気遣いに感謝ですわね。

「行きますわよ、ナナカ」

「……ああ」

暗闇が広がり何も見えないドアの向こうにナナカと二人で足を踏み出します。

一応私達を拒否せず宮殿内に招き入れてはくれているようですし、差し当たって身の危険はなさそうですが、何があってもすぐに対応できるように拳に手袋をはめておきましょう。

「――！」

身体がすべてドアを通り抜けたその時でした。

一気に周囲が明るくなり、あまりの眩しさに思わず目を細めます。

そして次の瞬間。

「若様を寝取ろうとするこの卑しい泥棒猫め！　覚悟ーッ！」

上下左右ありとあらゆる全方位から私に向けて、無数の敵意と甲高い叫び声の群れが襲ってきました。

視界を封じた上で全方向からの回避不可能な完全なる奇襲。

停滞の加護を使えば容易に対処は可能でしょうが、ここはひとつ。

久し振りに味わうお肉に、今までの戦いを経て新たに会得した加護を試させてもらいましょうか。

「――〝五感加速《アクセラレーションペンタセンシズ》〟」

五感加速《アクセラレーションペンタセンシズ》――それは外界を認識するために人間が使っている、視覚、聴覚、触覚、味覚、嗅覚。

これら五感を加速させることによって、周囲の状況を一瞬で認識することができる、加速《アクセラレーション》の加護の応用版です。

今までの場合、こういった場合はやむなく体の負担が大きい停滞の加護を使うことが多かったのですが、五感加速《アクセラレーションペンタセンシズ》を使用することで加速《アクセラレーション》と同程度の消耗で、同じように状況を把握することが可能となりました。

「――さて」

眩しい状態で加速させた視覚を利用しても目が潰れるだけなので、視覚は閉じて周囲の様子を認識します。

いくら五感が鋭くても見えなければ相手の位置がわからない？

いいえ、そのようなことはありません。

たとえば獣人族は視覚こそ人間と変わりありませんが、優れた嗅覚と聴覚により数百メートル離れた相手の位置や特徴を、細部に至るまで詳細に把握することができます。

五感加速《アクセラレーションペンタセンシズ》を使用している私は、すべての五感が獣人族が持つ優れた感覚器の数倍にまで研ぎ澄まされた状態です。

つまり――

「四人ですか」

向かってきているのは着物を纏った女性が四人。

左手から一人、右手から一人。

少し遅れて足元を這うような前傾姿勢の方が一人。

そして真上から飛び上がって襲いかかってきている身体の大きな方がまた一人。

彼女達は全員が両手に木製の太い六角棒を持っていて、私を狙って一斉に襲い掛かってきました。

「――〝加速二倍《アクセラレーションツインターボ》〟」

五感の加速《アクセラレーション》を打ち切って加速二倍を発動。

左右から突き出された棒の先端を左右の手で一本ずつ掴み取ります。

「掴《つか》っ!?」

左右の方から驚きの声があがります。これで二方向の攻撃は止めました。お次は――

「はアッ!」

低姿勢で突っ込んで来た方が下方から私の胸に棒を突き込んできます。

「――身体強化」

強化した左足を蹴り上げて、下方から迫っていた棒を天井に向かって一直線に蹴り上げました。

狙う先は飛び上がって上から襲い掛かってくる四人目の襲撃者です。

「うぐっ!?」

飛び上がっていた身体の大きな方は私が蹴り上げた棒を咄嗟に自分の持っていた棒で受けたもの

の、弾き飛ばされて床に倒れ込みます。

四方向からの同時攻撃……それも良く連携の取れた素晴らしい手際でございました。

心の中で惜しみない拍手を送りましょう。

「業火宮のみなさま、ごきげんよう。素敵《てき》な歓迎、感謝いたします」

目を開くとそこは縦横ともに二十メートルはあろうかという広間でした。

壁や天井は朱に塗られ、高さは十メートルほど。

奥には二階に上がる階段が見えます。

「お返しいたしますわね」

掴んでいた棒から手を離すと、呆然としていた四人の女性は、ハッと我に返り、再び棒を構え直しました。

その中でも飛び上がって襲ってきた、背丈が二メートル近くはあろうかという殿方のような身体つきをした女性が、私に向かって叫びます。

「舐めてんじゃあないよ！　次は外さないよ泥棒猫！」

その方を皮切りに、他の三人の女性も口々に「アバズレ女が！」「とっとと国に帰れ！」「男なら誰でも良いんだろ尻軽女！」と罵詈雑言の嵐を叩きつけてきます。

ああ、このまったく身に覚えのない理不尽な理由で追い詰められる感じ。

カイル様に婚約破棄された時のことを思い出しますわね。

「まあ、恐い。いたいけな一人の淑女《しゅくじょ》を複数人で寄ってたかって暴力と言葉で叩きのめすなんて、酷い仕打ちだとは思いませんの？」

「何もわかっちゃいないね！　ヴァンキッシュの法は男女平等に弱肉強食！　力こそ正義！　女だろうが弱けりゃ骨の一片だって残らない！　食い物にされたくなけりゃあ、証明してみせな！　アンタの〝力〟ってやつをね！」

思えばテレネッツァさんを最後にブン殴ってから、心のどこかでなにかがすっぽり抜け落ちてしまったかのような空虚さを感じておりました。

その理由が今、初心に立ち返ることでようやくわかった気がします。

「男女平等。とても素晴らしい言葉ですわね。確かにムカつく殿方だけを殴っていくというのはどうにもバランスが悪いように思いますの――ですので」

力を込めて右足で石畳の床を踏み砕きます。

ドン！　と破砕音を立てて石畳が砕け散り、衝撃で床がグラッと揺れました。

突然の轟音に、私を囲んでいた女性達はビクッと身体を震わせて後ずさりします。

「郷に入っては郷に従え。そちらの流儀《りゅうぎ》に合わせて、私も今日は思う存分――」

踏み込みで動揺している彼女達に、左の手の平を差し出し、親指以外の指をくいくいとこちらに倒して挑発して差し上げます。

「ムカつくクソ女の貴女達をぶっ飛ばすことで、正義を示すこととしましょう」

肥え太った殿方《おにく》を殴ることに固執していた私が浅はかでした。

男も女も関係ない。

ムカつく相手であれば誰を殴っても気持ち良い。

これが私の出した結論です。

「余裕ぶってられんのも今のうちさ！　みんな、出てきな！」

大きな女性が叫ぶと、広間の左右と奥にあった三つのドアが勢いよく開きます。

ドアからは着物を着た沢山の女性が出てきて、一斉に広間になだれ込んできました。

彼女達は各々が訓練用と思われる木製の剣や槍といった武器を手に持っています。

そしてぐるりと円を描くように私を取り囲むと、全員が敵意を剥き出しにして睨みつけてきました。

「ここにいる女はねえ！　全員が女としてではなく、家族として見られているのをわかっていながら、迷惑にならないように陰ながらアルフレイム様をずっとお慕いしてきたんだよ！　それをポッと出の他国の女に横から掻っ攫われるなんて許せるわけがないだろ！　ふざけんじゃないよビッチが！」

誤解を重ねた上に逆恨みからの最高に理不尽な罵倒《ばとう》。

最高ですわね、この方々。

みるみる私の殴りたい欲が高まっていくのを感じます。

「覚悟しな！　今からアンタをここにいる全員で容赦なく叩きのめす！　恨むなら身のほどをわきまえなかった自分のお花畑な頭を恨むんだラァヴッ⁉」

私に顔面を殴られた大きな女性が、くぐもった声を漏らしながら奥の壁に向かって吹っ飛んでいきます。

背後にいた女性を数人巻き込みながら壁に叩きつけられた彼女は、ピクピクと痙攣したまま動かなくなりました。

「御託は良いのでさっさと始めませんか？　もう私、暴力を振るいたくて振るいたくて我慢の限界ですわ」

「もう振るってるでしょ⁉」

周囲の女性達から一斉にツッコミが入ります。この方々、おかしなことを言いますわね。

もしやあの程度のパンチが私の暴力だと、本気で思っているのかしら。

「仕方ありません。ここはひとつ、武器などという軟弱なものに頼らないと戦うこともできない可愛らしいお嬢様方に、この私が特別にご教授して差し上げましょう」

本当の暴力が、いかなるものか。

ああ、レックスのためでしたが、ヴァンキッシュ帝国に来たのは正解でしたわね。

こんなにも心躍る時がくるなんて――

「さあ、みなさま――ぶっ飛ばされる覚悟はよろしくて？」

この作品に対する皆様のご意見・ご感想をお待ちしております。
おハガキ・お手紙は以下の宛先にお送りください。

【宛先】
〒150-6008 東京都渋谷区恵比寿4-20-3 恵比寿ｶﾞｰﾃﾞﾝﾌﾟﾚｲｽﾀﾜｰ 8F
（株）アルファポリス　書籍感想係

メールフォームでのご意見・ご感想は右のＱＲコードから、
あるいは以下のワードで検索をかけてください。

アルファポリス　書籍の感想　検索

ご感想はこちらから

本書は、「アルファポリス」（https://www.alphapolis.co.jp/）に掲載されていたものを、
改題、改稿、加筆のうえ、書籍化したものです。

最後にひとつだけお願いしてもよろしいでしょうか３

鳳ナナ　（おおとり なな）

2023年 4月 5日初版発行

編集－加藤美侑・森 順子
編集長－倉持真理
発行者－梶本雄介
発行所－株式会社アルファポリス
〒150-6008 東京都渋谷区恵比寿4-20-3 恵比寿ｶﾞｰﾃﾞﾝﾌﾟﾚｲｽﾀﾜｰ8F
TEL 03-6277-1601（営業） 03-6277-1602（編集）
URL https://www.alphapolis.co.jp/
発売元－株式会社星雲社（共同出版社・流通責任出版社）
〒112-0005 東京都文京区水道1-3-30
TEL 03-3868-3275
装丁・本文イラスト－沙月
装丁デザイン－AFTERGLOW
（レーベルフォーマットデザイン―ansyyqdesign）
印刷－中央精版印刷株式会社

価格はカバーに表示されてあります。
落丁乱丁の場合はアルファポリスまでご連絡ください。
送料は小社負担でお取り替えします。

ISBN978-4-434-31786-6 C0093